大家學標準日本語

行動學習新版

中級本

發展日語能力必學的進階課程

出口仁——著

檸檬樹

出版前言

【大家學標準日本語：初/中/高級本】行動學習新版，
完美整合「書籍內容、音檔、影片」為「可隨身讀、聽、看」的跨媒介學習 APP；

- 紙本書 —— 可做全版面綜觀全覽
- APP ——— 可靈活隨選「課本、文法解說、練習題本、MP3 音檔、出口仁老師親授教學影片」等學習內容

本系列自 2012 年出版至今，榮幸獲得無數讀者好評肯定；
經得起時代考驗的 —— 學日語必備、初/中/高三冊「127 個具體學習目標」
跟隨時代腳步更新學習工具 ——「去光碟片、學習內容隨選即用、看影片學習更專注深刻」。暢銷數十萬冊的優質內容，結合科技工具，絕對好上加好！

由具有「外國語教育教師證照」的出口仁老師，
根據生活、工作、檢定等目的，為各程度量身打造專業課程；

【初級本】：奠定日語基礎的〔基本課程〕（42 個「具體學習目標」）
【中級本】：發展日語能力的〔進階課程〕（44 個「具體學習目標」）
【高級本】：活化日語實力的〔應用課程〕（41 個「具體學習目標」）

所有的日語變化，都源自於這「127 個學習目標」，
常見的日語問題，都能查詢這「127 個學習目標」獲得解答！

※本系列同步發行【初/中/高級本】單書、套書、教學影片套組
讀者可根據個人的需求與喜好，挑選適合的教材。

【大家學標準日本語：行動學習新版】歷經許久的籌備，終於能夠呈現在讀者眼前。在這期間，作者、出版社以及應用程式開發商，均投入了莫大的心力。本系列若能對於任何一位讀者在日語學習上有所助益，將是我們最大的期盼！

檸檬樹出版社 編輯部

作者序

《大家學標準日本語：初/中/高級本》是專門替想要自學日語的學習者量身打造，以容易理解的方式去解說學習者會遇到的文法問題，希望讓學習者能清楚理解每一階段所學的日語。對於自學時可能會產生疑慮的地方，我盡量以簡單的說明、容易理解的解說，讓學習者了解。我認為，透過本系列三本書，學習者在學習日語時，一定能夠理解日語的基本架構，並培養自主學習的能力。

《初級本》是以日語的名詞、動詞、形容詞所構成的肯定句、否定句、疑問句、現在形、過去形為中心。我是以讓學習者可以自己組合單字、寫出句子這樣的立場，來進行解說。此外，我還會介紹一些具體的例文和會話，並說明到底在哪些場合可以使用。所以，也可以藉此培養日語的表達能力。

《中級本》是以日語文法中最重要的動詞變化為主，介紹、解說各種相關用法。我是以讓學習者可以透過動詞變化學習更多元的日語表達，並能在生活中活用，這樣的目標來設計內容的。

《高級本》是以《初級本、中級本》教過的文法為基礎，介紹更多實用表達。不論是哪一種表達，都是日本人經常於日常生活中使用的，所以當有需要與日本人溝通時，一定會有很大的幫助。

我希望透過這三本書，可以讓大家理解日語的基本架構、培養自學日語的能力。如果透過日語學習，可以讓大家對於日本有更深刻的理解，我會覺得非常榮幸。

《大家學標準日本語：初/中/高級本》出版至今，已經經過了 10 年。在這期間，得知許多人使用這三本書學習日語，並獲得很大的幫助，我感到非常高興。為了繼續成為大家在日語學習上的好幫手，我打算在日語教育上，持續盡心盡力下去。這次的【行動學習新版】，每一本書都有 APP 安裝序號，大家可以使用 APP 閱讀書籍內容、聽 MP3 音檔，還可以看我親自講解的文法教學影片。可以更方便地，在喜歡的時間、喜歡的地方，自由學習日語。

作者　出口仁　敬上

出口仁 でぐち まさし

本書特色 1 —— 單字・招呼語・表現文型 彙整

安排吻合「中級日語程度」的單字，單字內容並符合各課的實用功能。

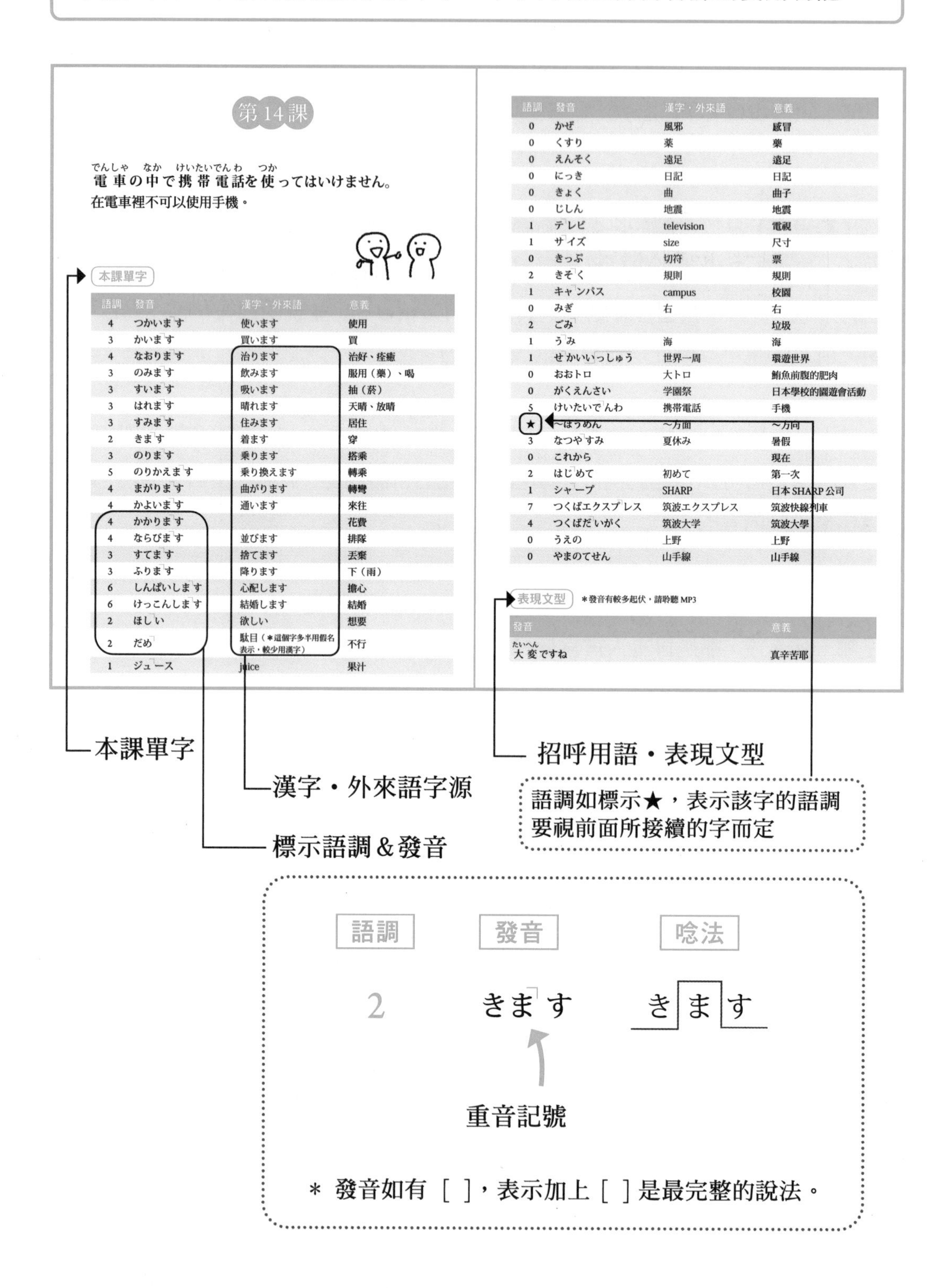

第14課

でんしゃ なか けいたいでんわ つか
電車の中で携帯電話を使ってはいけません。
在電車裡不可以使用手機。

本課單字

語調	發音	漢字・外來語	意義
4	つかいます	使います	使用
3	かいます	買います	買
4	なおります	治ります	治好、痊癒
3	のみます	飲みます	服用（藥）、喝
3	すいます	吸います	抽（菸）
3	はれます	晴れます	天晴、放晴
3	すみます	住みます	居住
2	きます	着ます	穿
3	のります	乗ります	搭乘
5	のりかえます	乗り換えます	轉乘
4	まがります	曲がります	轉彎
4	かよいます	通います	來往
4	かかります		花費
4	ならびます	並びます	排隊
3	すてます	捨てます	丟棄
3	ふります	降ります	下（雨）
6	しんぱいします	心配します	擔心
6	けっこんします	結婚します	結婚
2	ほしい	欲しい	想要
2	だめ	駄目（＊這個字多半用假名表示，較少用漢字）	不行
1	ジュース	juice	果汁

語調	發音	漢字・外來語	意義
0	かぜ	風邪	感冒
0	くすり	薬	藥
0	えんそく	遠足	遠足
0	にっき	日記	日記
0	きょく	曲	曲子
0	じしん	地震	地震
1	テレビ	television	電視
1	サイズ	size	尺寸
0	きっぷ	切符	票
2	きそく	規則	規則
1	キャンパス	campus	校園
0	みぎ	右	右
2	ごみ		垃圾
1	うみ	海	海
1	せかいいっしゅう	世界一周	環遊世界
0	おおトロ	大トロ	鮪魚前腹的肥肉
0	がくえんさい	学園祭	日本學校的園遊會活動
5	けいたいでんわ	携帯電話	手機
★	～ほうめん	～方面	～方向
3	なつやすみ	夏休み	暑假
0	これから		現在
2	はじめて	初めて	第一次
1	シャープ	SHARP	日本SHARP公司
7	つくばエクスプレス	筑波エクスプレス	筑波快線列車
4	つくばだいがく	筑波大学	筑波大學
0	うえの	上野	上野
0	やまのてせん	山手線	山手線

表現文型 ＊發音有較多起伏，請聆聽 MP3

發音	意義
たいへん 大変ですね	真辛苦耶

本書特色 2 —— 具體學習目標

每一課都具有實用功能，融入「44 個具體學習目標」！

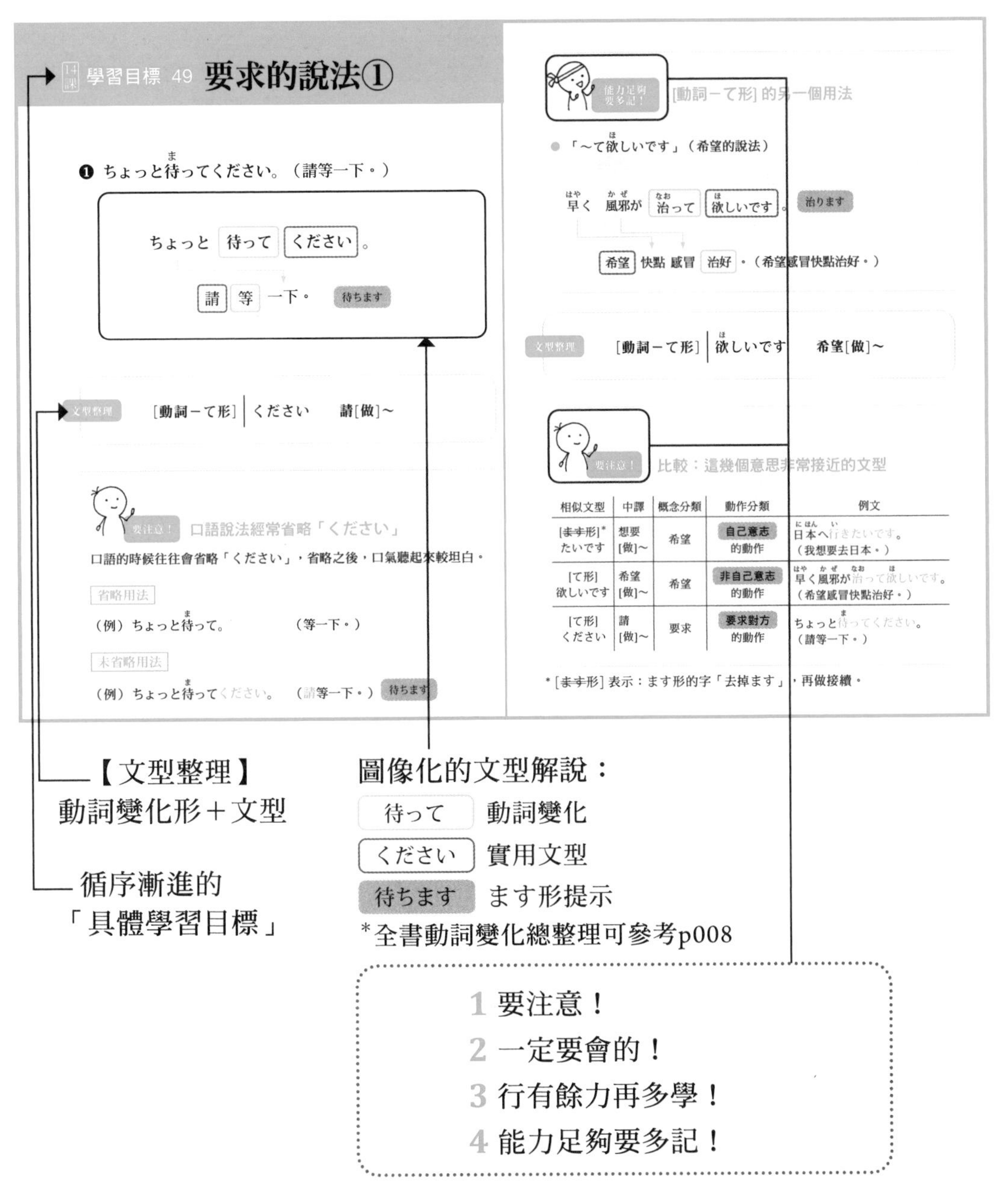

明確定義「學習內容」，清楚知道「自己的實力到哪裡」！

這是四種學習的層次，也是讓自己實力精進的明確方向。學習者可以清楚了解，在自己目前的實力階段，什麼是要注意的、什麼是一定要會的，學了這些，如果有餘裕，還要自我要求再多學什麼，才能更進一步提升實力。

本書特色 3 —— 應用會話

配合各課功能，融入各課文型，安排“長篇情境對話”。

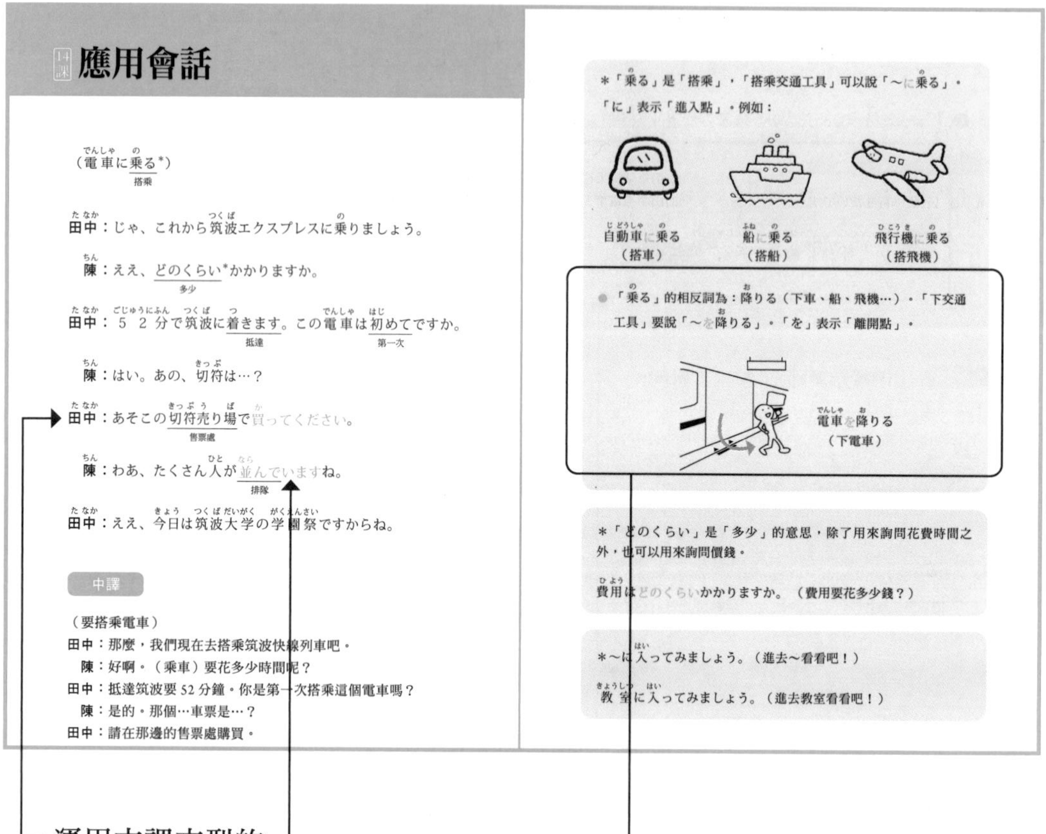

應用會話
（電車に乗る*）
搭乘
田中：じゃ、これから筑波エクスプレスに乗りましょう。
陳：ええ、どのくらい*かかりますか。
多少
田中：52分で筑波に着きます。この電車は初めてですか。
抵達
第一次
陳：はい。あの、切符は…？
田中：あそこの切符売り場で買ってください。
售票處
陳：わあ、たくさん人が並んでいますね。
排隊
田中：ええ、今日は筑波大学の学園祭ですからね。
中譯
（要搭乘電車）
田中：那麼，我們現在去搭乘筑波快線列車吧。
陳：好啊。（乘車）要花多少時間呢？
田中：抵達筑波要 52 分鐘。你是第一次搭乘這個電車嗎？
陳：是的。那個…車票是…？
田中：請在那邊的售票處購買。
＊「乗る」是「搭乘」，「搭乘交通工具」可以說「～に乗る」。「に」表示「進入點」。例如：
自動車に乗る
（搭車）
船に乗る
（搭船）
飛行機に乗る
（搭飛機）
「乗る」的相反詞為：降りる（下車、船、飛機…）。「下交通工具」要說「～を降りる」。「を」表示「離開點」。
電車を降りる
（下電車）
＊「どのくらい」是「多少」的意思，除了用來詢問花費時間之外，也可以用來詢問價錢。
費用はどのくらいかかりますか。（費用要花多少錢？）
＊～に入ってみましょう。（進去～看看吧！）
教室に入ってみましょう。（進去教室看看吧！）
運用本課文型的
「應用會話」
本課的學習要點
用顏色做出標示
圖像化、多樣化的延伸補充

● 應用會話登場人物介紹：

佐藤康博　（33 歲）…パナソニックの社員
陳欣潔　　（27 歲）…扶桑貿易会社の社員
田中洋子　（24 歲）…筑波大学の大学院生
高橋敦司　（28 歲）…秋津証券の社員
王民権　　（19 歲）…東呉大学の学生
鈴木理恵　（20 歲）…大和出版の社員

本書特色 4 —— 關連語句

配合各課功能，補充更多樣話題的“短篇互動對話”。

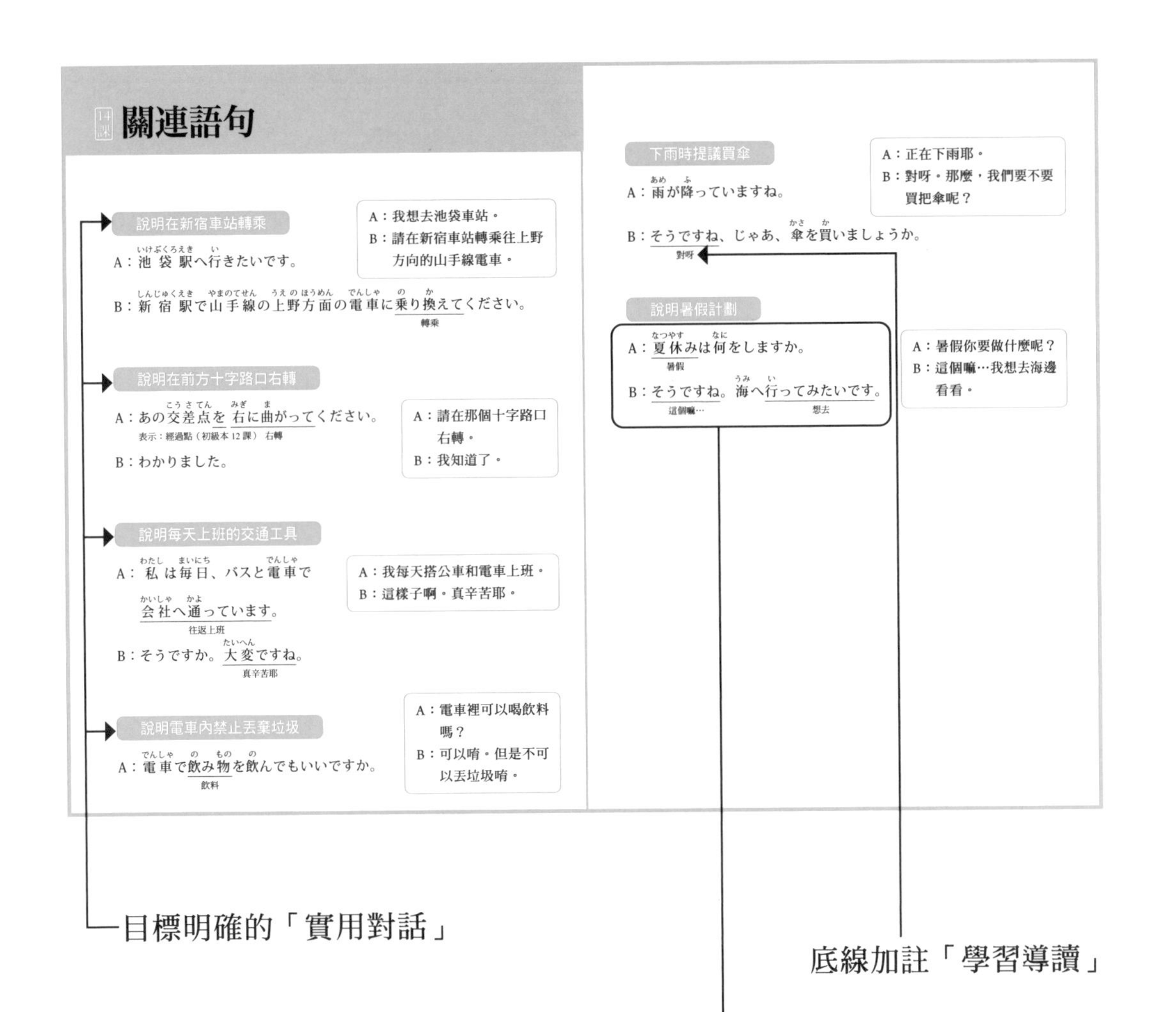

內容簡短實用，能在四句話內完成應答！
例如：

A：暑假你要做什麼呢？
B：這個嘛…我想去海邊看看。

【中級本】動詞變化總整理

本書為《大家學標準日本語》系列第二本。同系列的【初級本】是以「不需要動詞變化，就能完成的日語基本表達」為主，而【中級本】則進入最關鍵的「動詞變化」，將「動詞的各種變化形」結合「文型」，教導學習者掌握動詞變化的原則，更能結合文型來活用，朝更多元表達邁進！下表為「動詞變化形」結合「文型表達」的總整理：

て形

用法	意義	學習目標	課	例句
用法 ①	請［做］～	學習目標 49	（14課）	ちょっと待ってください。
用法 ②	希望［做］～	學習目標 49	（14課）	早く風邪が治って欲しいです。
用法 ③	可以［做］～	學習目標 50	（14課）	ジュースを飲んでもいいですか。
用法 ④	不可以［做］～	學習目標 50	（14課）	ここでタバコを吸ってはいけません。
用法 ⑤	正在［做］～	學習目標 51	（14課）	今、昼ご飯を食べています。
用法 ⑥	目前的狀態	學習目標 51	（14課）	私は大阪に住んでいます。
用法 ⑦	習慣［做］～	學習目標 51	（14課）	毎日、日記を書いています。
用法 ⑧	［做］～看看	學習目標 52	（14課）	その美術館へ行ってみます。
用法 ⑨	［做］～、［做］～、(然後) ～	學習目標 53	（15課）	朝起きて、ご飯を食べて、それから学校へ行きます。
用法 ⑩	［做］～之後	學習目標 53	（15課）	手を洗ってから、ご飯を食べましょう。
用法 ⑪	無法挽回的遺憾	學習目標 54	（15課）	電車に傘を忘れてしまいました。
用法 ⑫	動作快速完成	學習目標 54	（15課）	宿題は今、してしまいます。
用法 ⑬	無法抵抗、控制	學習目標 54	（15課）	会議中、いつも眠くなってしまいます。
用法 ⑭	～，而且～	學習目標 55	（15課）	お金があって、優しい人と結婚したいです。
用法 ⑮	［做］～再回來	學習目標 56	（15課）	ちょっと道を聞いてきます。
用法 ⑯	［做］～之後再走	學習目標 56	（15課）	もう一杯飲んでいってください。

辭書形

用法	意義	學習目標	課	例句
用法 ①	可以/能夠/會［做］～	學習目標 57	（16課）	ピアノを弾くことができます。
用法 ②	～是［做］～	學習目標 57	（16課）	趣味は写真を撮ることです。
用法 ③	［做］～之前，［做］～	學習目標 58	（16課）	寝るまえに、日記を書きます。
用法 ④	打算［做］～	學習目標 68	（19課）	将来、自分の店を持つつもりです。
用法 ⑤	預定［做］～	學習目標 69	（19課）	週末は、同窓会に参加する予定です。
用法 ⑥	變成～	學習目標 71	（20課）	新聞を読むようになりました。
用法 ⑦	(儘量)有在［做］～	學習目標 72	（20課）	毎朝、日本のニュースを見るようにしています。
用法 ⑧	一～就～	學習目標 75	（21課）	あの角を右に曲がると、銀行があります。

ない形

用法 ①	請不要［做］～	學習目標 60	（17課）	タバコを吸わないでください。
用法 ②	一定要［做］～	學習目標 61	（17課）	レポートを書かなければなりません。
用法 ③	不用［做］～	學習目標 61	（17課）	レポートを書かなくてもいいです。
用法 ④	不做～，而做～	學習目標 62	（17課）	朝ご飯を食べないで出かけます。

た形

用法 ①	曾經［做］過～	學習目標 63	（18課）	北海道へ行ったことがあります。
用法 ②	［做］～比較好	學習目標 65	（18課）	薬を持って行ったほうがいいです。
用法 ③	［做］～，［做］～，等等	學習目標 66	（18課）	休みの日は映画を見たり、友達と食事したりします。
用法 ④	如果～的話，～	學習目標 76	（21課）	お金があったら、海外旅行をしたいです。

意向形

用法 ①	打算［做］～	學習目標 67	（19課）	新しいパソコンを買おうと思っています。

可能形

用法 ①	有能力、能夠［做］～	學習目標 70	（20課）	私は韓国語が話せます。

條件形

用法 ①	如果～的話	學習目標 73	（21課）	春になれば、花が咲きます。
用法 ②	越～越～	學習目標 74	（21課）	考えれば考えるほどわからなくなります。

命令形

用法 ①	命令［做］～	學習目標 77	（22課）	頑張れ！

禁止形

用法 ①	禁止［做］～	學習目標 77	（22課）	負けるな！

受身形

用法 ①	A被B［做］～	學習目標 81	（23課）	私は父に叱られました。
用法 ②	A被～（話者≠動作主）	學習目標 82	（23課）	スカイツリーは2012年に建てられました。
用法 ③	A是由B所［做］～的（創造的受身）	學習目標 83	（23課）	電球はエジソンによって発明されました。

使役形

用法 ①	A叫/讓B［做］～	學習目標 84	（24課）	私は息子にピアノを習わせます。
用法 ②	A被B逼迫［做］～	學習目標 85	（24課）	私は母に塾へ行かせられました。
用法 ③	能否讓我［做］～？	學習目標 86	（24課）	すみませんが、明日休ませていただけませんか。

特別推薦 —— 行動學習 2APP

2APP 整合為「1 個中級本圖示」，讀內容、聽音檔、看影片，都在這裡！

「操作簡潔、功能強大」是行動學習新版的一大亮點！
雖然安裝 2APP，卻簡潔地以「1 個圖示」呈現。

使用時「不會感覺在切換兩支不同的 APP」，而是在使用一個「功能完備、多樣、各內容學習動線順暢，且相互支援」的「超好用 APP」！

（1）書籍內容 APP：

包含「雙書裝內容、MP3 音檔」，並增加紙本書沒有的 —— 各課單字測驗題！

- 〔點選各課〕：可隨選「學習目標、單字、應用會話、關連語句」
- 〔進入學習目標〕：可仔細讀、或點看「文法解說」「教學影片」
- 〔MP3 可全文順播〕：或播放特定單字 / 句子，自由設定 5 段語速
- 〔單字記憶訓練〕：各課單字可做「單字測驗」，並查看作答結果
- 〔閱讀訓練〕：可設定「顯示 / 隱藏 中文、解說」，體驗「中日 / 全日文」環境

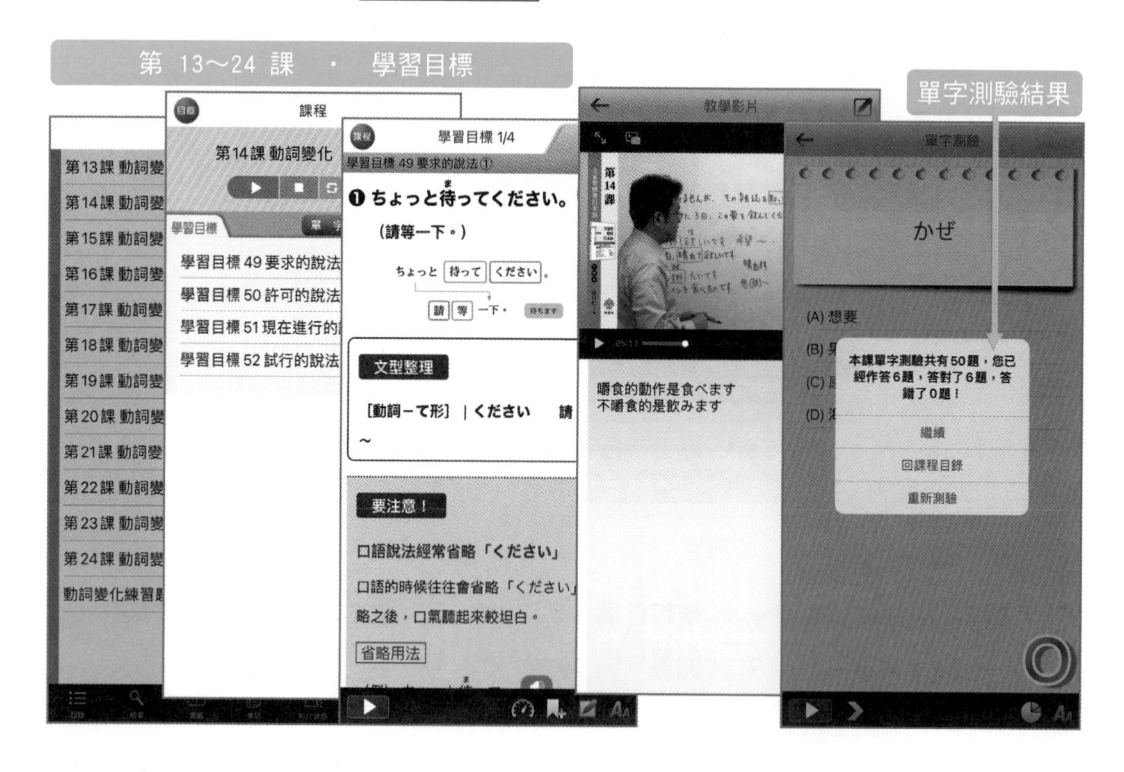

（2）教學影片 APP：

1 課 1 影片，出口仁老師詳細解說「44 個學習目標、文法要點、例文」

- 〔三步驟講解學習目標〕：1 認識單字、2 分析文型、3 解說例文
- 〔文法一定說明原因〕：不以「日語的習慣用法」模糊帶過
- 〔總長 278 分鐘〕：從「學習目標」點看「教學影片」或從「影片管理」選看各課
- 〔可子母畫面呈現〕：影片可顯示在最上方、移動位置；一邊自學一邊看 / 聽講解
- 〔看影片時可同步做筆記〕：學習心得或疑問，完整記錄下來

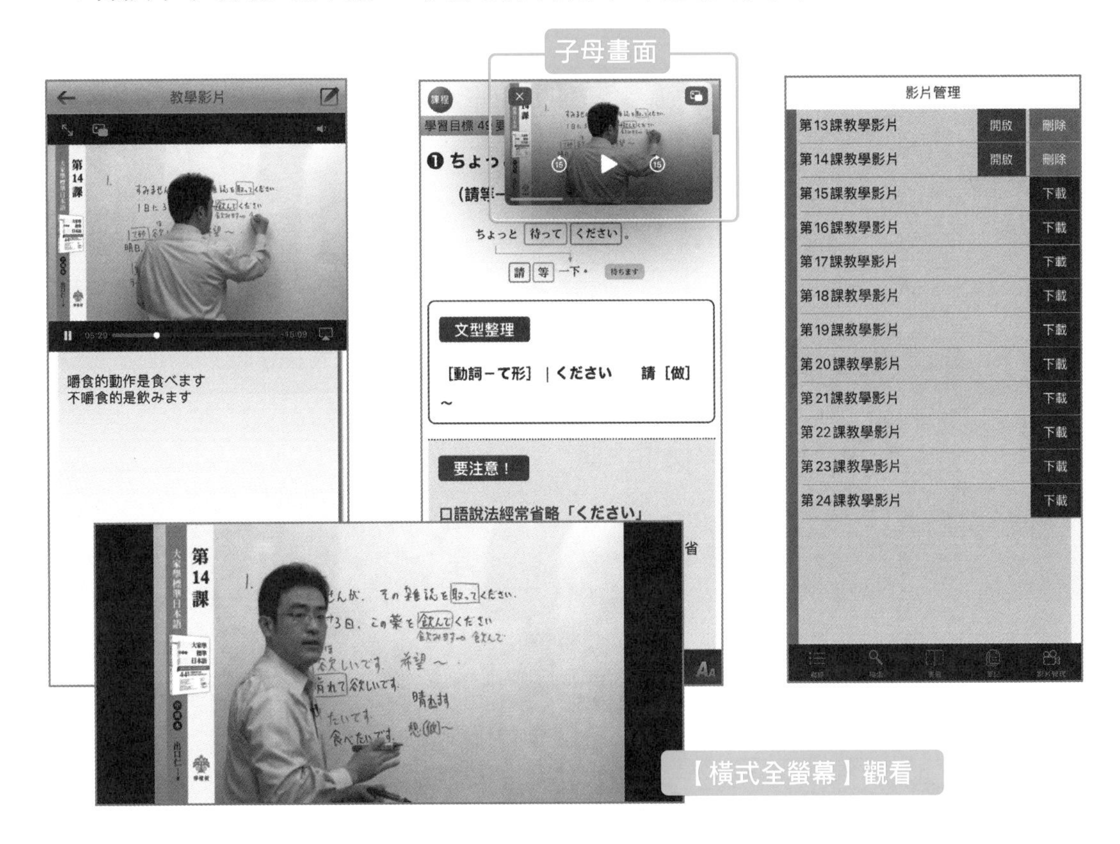

※〔APP 安裝・使用・版本〕

- 使用隨書附的「APP 啟用說明」掃瞄 QR-code 並輸入序號即完成安裝。
- 〔可跨系統使用〕：iOS / Android 皆適用，不受日後換手機、換作業系統影響。
- 〔提供手機 / 平板閱讀模式〕：不同載具的最佳閱讀體驗。可離線使用。
- 〔可搜尋學習內容 / 標記書籤 / 調整字體大小 / 做筆記〕
- 〔適用的系統版本〕：

iOS：支援最新的 iOS 版本以及前兩代

Android OS：支援最新的 Android 版本以及前四代

目錄

第16課　ピアノを弾くことができます。　（我）會彈鋼琴。

動詞變化「辭書形」

第17課　あまり無理しないでくださいね。　請不要太勉強喔。

動詞變化「ない形」

第18課　早く病院に行ったほうがいいですよ。　趕快去醫院比較好唷。

動詞變化「た形」

第19課 東京（とうきょう）で仕事（しごと）を探（さが）そうと思（おも）っています。

（我）打算在東京找工作。

動詞變化「意向形」

第20課 運動（うんどう）を始（はじ）めてから、よく寝（ね）られるようになりました。

開始運動之後，變得能睡得好。

動詞變化「可能形」

第21課 仕事（しごと）を受（う）ければ受（う）けるほど収入（しゅうにゅう）は増（ふ）えます。

工作接得越多，收入越增加。

動詞變化「條件形」

第22課 それは「足元をよく見ろ」という意味です。
那是「好好地注意腳下」的意思。

動詞變化「命令形・禁止形」

第23課 法隆寺は、607年に建てられました。
法隆寺建造於607年。

動詞變化「受身形」

第24課 明日、会社を休ませていただけませんか。
明天能否讓我請假？

動詞變化「使役形」

第13課

動詞變化概論

學習目標 43 為什麼要學「動詞變化」？

❶ 動詞變化的功能

為了在溝通時可以表達各種說法，所以要學習「動詞變化」。在【初級本】的課本裡，已經學過的「動詞變化」有：

● ます形 的應用表現

以「飲(の)みます」（喝）為例：

【現在・肯定】～ます	要［做］～	例）飲み ます（要喝）
【現在・否定】～ません	不要［做］～	例）飲み ません（不要喝）
【過去・肯定】～ました	［做］了～	例）飲み ました（喝了）
【過去・否定】～ませんでした	沒有［做］～	例）飲み ませんでした（沒有喝）
【 邀請 】～ませんか	要不要［做］～？	例）飲み ませんか（要不要喝？）
【 催促 】～ましょう	［做］～吧！	例）飲み ましょう（喝吧！）

● 拿掉 ます形 再接續的應用表現

【 願望 】～たいです	想［做］～	例）飲み たいです（想喝）
【 目的 】～に行きます	去［做］～	例）飲み に行きます（去喝）

可是，上面這 8 種說法，還無法應付所有的會話狀況。例如，溝通時可能還想要說：請[做]～、正在[做]～、可以[做]～、一定要[做]～、[做]～看看、不用[做]～、打算[做]～等等。而這些說法，都可以用「ます形」嗎？

答案是「No」!! 來看看下面的例子：

不能用「ます形」的表現方式：

- 【要求】的說法，該怎麼說？

（X）飲み ください

（○）飲んで（の） ください （請喝）

- 【現在進行】的說法，該怎麼說？

（X）飲み います

（○）飲んで（の） います （正在喝）

上面的兩種說法，都不是用「ます形」，而是用還沒學過的「て形」（飲んで）。

「て形」是動詞變化中非常常見的型態，從「て形」可以衍生許多表現形態，從下一課開始，就要學習「て形」的用法。

正因為只用「ます形」無法完成所有的表達，所以必須學習「動詞變化」；不同的說法，要透過不同的「動詞變化」來完成。

❷ 第Ⅰ、Ⅱ、Ⅲ類動詞

前面提過：

【ます形】飲みます（喝）
【 て 形】飲んでください（請喝）

例）お茶(ちゃ)を飲(の)んでください。（請喝茶）

為什麼「飲みます」的「飲み」會變成「飲んでください」的「飲んで」？

所根據的規則，就是看「飲みます」這個動詞，是屬於哪一類的動詞；再根據該類動詞的變化原則，來做動詞變化及接續。

根據變化規則，動詞可分成三類：第Ⅰ類、第Ⅱ類、第Ⅲ類。

要根據［ます］正前方的字，來判斷這是哪一類動詞。

第Ⅰ類動詞 （也有的書稱為「五段動詞」）

○○ます

↑ **い段** 的平仮名 ：「ます前面」是「い段」的平假名

例） 行（い）きます（去）———「き」是「い段」。（か、き、く、け、こ）

手伝（てつだ）います（幫忙）——「い」是「い段」。（あ、い、う、え、お）

遊（あそ）びます（玩）———「び」是「い段」。（ば、び、ぶ、べ、ぼ）

貸（か）します（借出）———「し」是「い段」。（さ、し、す、せ、そ）

曲（ま）がります（轉彎）——「り」是「い段」。（ら、り、る、れ、ろ）

第Ⅱ類動詞 （1）

○○ます

え段 的平仮名 ：「ます前面」是「え段」的平假名

例） 教（おし）えます（教）———「え」是「え段」。（あ、い、う、え、お）

食（た）べます（吃）———「べ」是「え段」。（ば、び、ぶ、べ、ぼ）

第II類動詞 （2）

○○ます

↑ **い段** 的平仮名 ：「ます前面」是「い段」的平假名

注意：這和「第I類動詞」的原則一樣，但卻是屬於「第II類動詞」。

例） 起(お)きます（起床）————「き」是「い段」。（か、き、く、け、こ）

できます（完成）————「き」是「い段」。（か、き、く、け、こ）

借(か)ります（借入）————「り」是「い段」。（ら、り、る、れ、ろ）

降(お)ります（下(車)）————「り」是「い段」。（ら、り、る、れ、ろ）

足(た)ります（足夠）————「り」是「い段」。（ら、り、る、れ、ろ）

浴(あ)びます（淋浴）————「び」是「い段」。（ば、び、ぶ、べ、ぼ）

雖然這樣的動詞還有其他，但是初期階段，先記住這6個。

第II類動詞 （3）

○ます

↑ 只有 **一個音節** ：「ます前面」只有「一個音節」

注意：「来ます」（來）和「します」（做）這兩個動詞除外。

例）見（み）ます（看）————「ます前面」只有「み」一個音節。

寝（ね）ます（睡覺）————「ます前面」只有「ね」一個音節。

います（有（生命物））——「ます前面」只有「い」一個音節。

第Ⅲ類動詞：可以說是只有兩種動詞

来（き）ます（來）

します（做）

します 還包含：

動作性名詞（を）＋します

外來語（を）＋します

也是屬於第Ⅲ類動詞。

● 動作性名詞（を）＋します

例）勉強（べんきょう）（を）します（看書）———「勉強（べんきょう）」是「動作性名詞」。

● 外來語（を）＋します

例）コピー（を）します（影印）———「コピー」是「外來語」。

❸ 判斷動詞類別的方法

看到一個動詞，可以透過下面的步驟，來判斷屬於哪一類動詞。

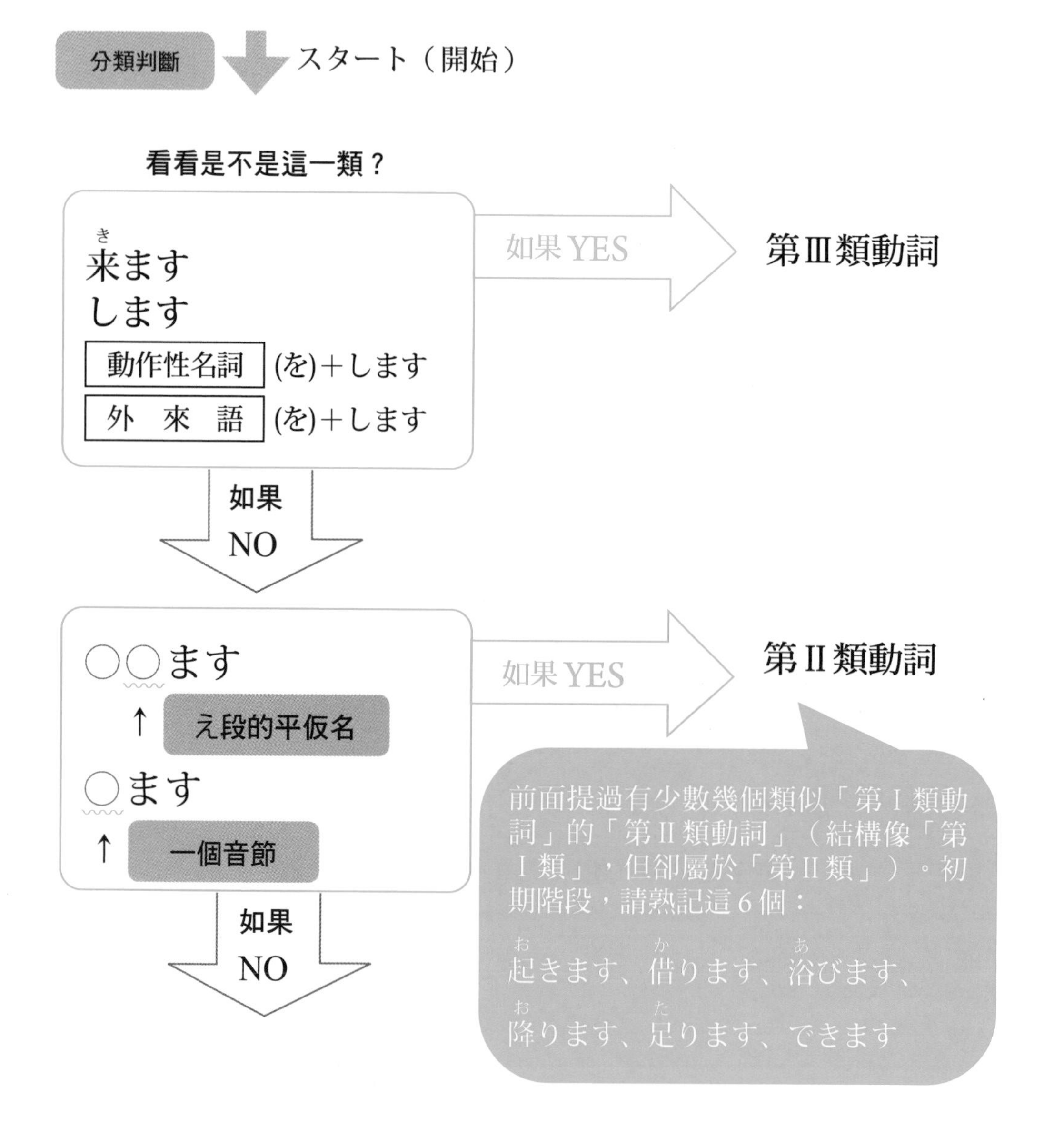

前兩類都不是，一定就是這一類！

什麼是「動作性名詞」？

舉「旅行します」為例：

原本「旅行」（りょこう）是「名詞」，再加「します」就變成「動詞」，像這樣，「旅行」就稱為「動作性名詞」。

「動作性名詞」後面加「します」就變成「動詞」，所以在動詞的分類上，也屬於「します」的一種，屬於「第Ⅲ類動詞」。

可是，只要看到「漢字」＋「します」，就是「動作性名詞」嗎？答案是「No」!! 來看看下面的例子：

「貸(か)します」（借出）也有「します」，但是「貸」不是「動作性名詞」。

● 如何判斷「動作性名詞」？

旅行 ~~します~~（去掉 します 之後）
→ 旅行（りょこう）是 有意義的「音」（聽發音知道意思）
→ 屬於「動作性名詞」

貸 ~~します~~（去掉 します 之後）
→ 貸（か）是 沒有意義的「音」（聽發音“不”知道意思）
→ 不是「動作性名詞」

「貸します」是一般動詞，「ます」前面的「し」是「い段」，屬於「第 I 類動詞」。

13課 學習目標 46 試著分類看看是第幾類

❹ 練習將動詞分類

看看這些動詞，屬於哪一類？（正解及動詞中譯，請翻 p028）

動詞	類別	動詞	類別	動詞	類別
会(あ)います		入(い)れます		買(か)います	
開(あ)けます		動(うご)きます		買(か)い物(もの)します	
遊(あそ)びます		歌(うた)います		返(かえ)します	
集(あつ)めます		売(う)ります		帰(かえ)ります	
浴(あ)びます		運転(うんてん)します		かかります	
洗(あら)います		起(お)きます		書(か)きます	
あります		置(お)きます		かけます	
歩(ある)きます		送(おく)ります		貸(か)します	
案内(あんない)します		教(おし)えます		借(か)ります	
言(い)います		押(お)します		考(かんが)えます	
行(い)きます		思(おも)います		頑張(がんば)ります	
急(いそ)ぎます		泳(およ)ぎます		聞(き)きます	
います		降(お)ります		来(き)ます	
要(い)ります		終(お)わります		着(き)ます	
切(き)ります		コピーします		します	
くれます		触(さわ)ります		閉(し)めます	

動詞	類別	動詞	類別	動詞	類別
消（け）します		残業（ざんぎょう）します		研究（けんきゅう）します	
結婚（けっこん）します		散歩（さんぽ）します			
見学（けんがく）します		死（し）にます			

是「い段」還是「え段」，唸唸看就知道！

判斷動詞時，如果搞不清楚到底屬於「い段」還是「え段」，就「拉長ます前面的發音、多唸幾次試試看」。例如：

- 遊び（あそび）ます，（a so bi）ます，bi～（拉長發音，會明顯感受到類似「伊」的發音），所以是「い段」，是「第I類動詞」。

- 行き（いき）ます，（i ki）ます，ki～（拉長發音，會明顯感受到類似「伊」的發音），所以是「い段」，是「第I類動詞」。

- 食べ（たべ）ます，（ta be）ます，be～（拉長發音，會明顯感受到類似「A」的發音），所以是「え段」，是「第II類動詞」。

【解答篇】

（註）* 為結構像「第 I 類」，但卻屬於「第 II 類」的動詞。

●為「ます前面」只有「一個音節」的動詞。

第 I 類動詞	意義
会(あ)います	（見面）
遊(あそ)びます	（玩）
洗(あら)います	（洗）
あります	（有）〈無生命〉
歩(ある)きます	（步行）
言(い)います	（說）
行(い)きます	（去）
急(いそ)ぎます	（急忙）
要(い)ります	（需要）
動(うご)きます	（啟動）
歌(うた)います	（唱歌）
売(う)ります	（賣）
置(お)きます	（放置）
送(おく)ります	（送）
押(お)します	（推）
思(おも)います	（認為）
泳(およ)ぎます	（游泳）
終(お)わります	（結束）

第 I 類動詞	意義
買(か)います	（買）
返(かえ)します	（歸還）
帰(かえ)ります	（回去）
かかります	（花費）
書(か)きます	（寫）
貸(か)します	（借出）
頑張(がんば)ります	（加油）
聞(き)きます	（聽）
切(き)ります	（切）
消(け)します	（擦除）
触(さわ)ります	（接觸）
死(し)にます	（死亡）

第 II 類動詞	意義	第 II 類動詞	意義	第 III 類動詞	意義
開(あ)けます	（開啟）	着(き)ます ●	（穿）	案内(あんない)します	（導引）
集(あつ)めます	（收集）	くれます	（給予）	運転(うんてん)します	（駕駛）
浴(あ)びます *	（淋浴）	閉(し)めます	（關閉）	買(か)い物(もの)します	（購物）
います ●	（有）〈生命物〉			来(き)ます	（來）
入(い)れます	（放入）			見学(けんがく)します	（見習）
起(お)きます *	（起床）			研究(けんきゅう)します	（研究）
教(おし)えます	（教）			結婚(けっこん)します	（結婚）
降(お)ります *	（下降）			コピーします	（影印）
かけます	（掛上）			残業(ざんぎょう)します	（加班）
借(か)ります *	（借入）			散歩(さんぽ)します	（散步）
考(かんが)えます	（思考）			します	（做）

什麼是「外來語動詞」？

外來語 ＋(を)＋します，會變成「外來語動詞」。

因為後面也是「します」，所以在動詞的分類上，也屬於「します」的一種，屬於「第Ⅲ類動詞」。例如：

- **アルバイト（打工）＋します**

  → アルバイトします，屬於「第Ⅲ類動詞」。

- **コピー（影印、複製）＋します**

  →コピーします，屬於「第Ⅲ類動詞」。

不過要注意，並非每一個外來語都可以加上「します」而變成動詞。

13課 學習目標 47 動詞變化速查表

❺ 動詞變化速查表

這裡先帶大家認識Ⅰ、Ⅱ、Ⅲ類動詞的各種「動詞變化」，大概了解一下，各類動詞遇到每一形，到底該怎麼變化。至於這些形如何使用、什麼時候用…，從[第 14 課]開始，會有完整的例文和說明。

在【初級本】學過了「ます形」，其他還有「ない形」、「なかった形」、「受身形」、「尊敬形」、「使役形」、「辭書形」、「禁止形」、「可能形」、「條件形」、「命令形」、「意向形」、「て形」、「た形」等等。

第Ⅰ類動詞：動詞變化的例外字

右頁是「第Ⅰ類動詞」各種變化形的變化原則，因右頁篇幅空間有限，所以將「例外字」先列於此，請大家左右頁對照參考。

● 行きます（去）：

[て形] ⇒ 行って（若按照原則應為 行いて） NG!

[た形] ⇒ 行った（若按照原則應為 行いた） NG!

● あります（有）：

[ない　形] ⇒ ない（若按照原則應為 あらない） NG!

[なかった形] ⇒ なかった（若按照原則應為 あらなかった） NG!

第Ⅰ類動詞

	会（あ） 買（か） 洗（あら）	行（い） 書（か） 置（お）	泳（およ） 急（いそ） 脱（ぬ）	話（はな） 貸（か） 出（だ）	待（ま） 立（た） 持（も）	死（し）	遊（あそ） 呼（よ） 飛（と）	読（よ） 飲（の） 噛（か）	帰（かえ） 売（う） 入（はい）	動詞變化的各種形
あ段	わ	か	が	さ	た	な	ば	ま	ら	+ない [ない形] +なかった [なかった形] +れます [受身形、尊敬形] +せます [使役形]
い段	い	き	ぎ	し	ち	に	び	み	り	+ます [ます形]
う段	う	く	ぐ	す	つ	ぬ	ぶ	む	る	[辭書形] +な [禁止形]
え段	え	け	げ	せ	て	ね	べ	め	れ	+ます [可能形] +ば [條件形] [命令形]
お段	お	こ	ご	そ	と	の	ぼ	も	ろ	+う [意向形]
音便	っ	い	い゛	し	っ	ん゛	ん゛	ん゛	っ	+て（で）[て形] +た（だ）[た形]

- 「第Ⅰ類動詞」是按照「あ段～お段」來變化（這也是有些書本將這一類稱為「五段動詞」的原因）。

- 表格僅列舉部分「第Ⅰ類動詞」，此類動詞還有很多。「第Ⅰ類動詞」的變化練習，請參照《文法解說本》p004-p005。

第 II 類動詞

動詞變化的各種形

食（た）べ 教（おし）え 起（お）き 見（み） 寝（ね） ⋮ 等等	ない	[ない形]
	なかった	[なかった形]
	られます	[受身形、尊敬形]
	させます	[使役形]
	ます	[ます形]
	る	[辭書形]
	るな	[禁止形]
	られます（れます）	[可能形]（去掉ら的可能形）
	れば	[條件形]
	ろ	[命令形]
	よう	[意向形]
	て	[て形]
	た	[た形]

- 「第 II 類動詞」的變化方式最單純，只要去掉「ます形」的「ます」，再接續不同的變化形式即可。

- 現代很多日本人已經習慣使用「去掉ら的可能形」——れます，但是正式的日語「可能形」說法還是「られます」。

第Ⅲ類動詞

来（き）ます	します	動詞變化的各種形
来（こ）ない	しない	[ない形]
来（こ）なかった	しなかった	[なかった形]
来（こ）られます	されます	[受身形、尊敬形]
来（こ）させます	させます	[使役形]
来（き）ます	します	[ます形]
来（く）る	する	[辭書形]
来（く）るな	するな	[禁止形]
来（こ）られます （来（こ）れます）	できます	[可能形] （去掉ら的可能形）
来（く）れば	すれば	[條件形]
来（こ）い	しろ	[命令形]
来（こ）よう	しよう	[意向形]
来（き）て	して	[て形]
来（き）た	した	[た形]

- 「第Ⅲ類動詞」只有兩種，但是變化方式非常不規則。尤其是「来ます」，動詞變化之後，漢字部分的發音也改變。努力背下來是唯一的方法！

❻ 動詞變化練習題

先判斷動詞屬於哪一類，再進行動詞變化，完成各種形的說法。
（正解請看文法解說本 p006）

ます形	会（あ）います（見面）	書（か）きます（寫）	話（はな）します（說）	読（よ）みます（閱讀）
て形				
辭書形				
ない形				
た形				
なかった形				
可能形				
意向形				
命令形				
禁止形				
條件形				
受身形				
使役形				
尊敬形				

ます形	起(お)きます（起床）	見(み)ます（看）	来(き)ます（來）	勉強(べんきょう)します（學習）
て形				
辭書形				
ない形				
た形				
なかった形				
可能形				
意向形				
命令形				
禁止形				
條件形				
受身形				
使役形				
尊敬形				

第14課

電車の中で携帯電話を使ってはいけません。
（でんしゃ　なか　けいたいでんわ　つか）

在電車裡不可以使用手機。

本課單字

語調	發音	漢字・外來語	意義
4	つかいます	使います	使用
3	かいます	買います	買
4	なおります	治ります	治好、痊癒
3	のみます	飲みます	服用（藥）、喝
3	すいます	吸います	抽（菸）
3	はれます	晴れます	天晴、放晴
3	すみます	住みます	居住
2	きます	着ます	穿
3	のります	乗ります	搭乘
5	のりかえます	乗り換えます	轉乘
4	まがります	曲がります	轉彎
4	かよいます	通います	來往
4	かかります		花費
4	ならびます	並びます	排隊
3	すてます	捨てます	丟棄
3	ふります	降ります	下（雨）
6	しんぱいします	心配します	擔心
6	けっこんします	結婚します	結婚
2	ほしい	欲しい	想要
2	だめ	駄目（＊這個字多半用假名表示，較少用漢字）	不行
1	ジュース	juice	果汁
3	びじゅつかん	美術館	美術館

語調	發音	漢字・外來語	意義
0	かぜ	風邪	感冒
0	くすり	薬	藥
0	えんそく	遠足	遠足
0	にっき	日記	日記
0	きょく	曲	曲子
0	じしん	地震	地震
1	テレビ	television	電視
1	サイズ	size	尺寸
0	きっぷ	切符	票
2	きそく	規則	規則
1	キャンパス	campus	校園
0	みぎ	右	右
2	ごみ		垃圾
1	うみ	海	海
1	せかいいっしゅう	世界一周	環遊世界
0	おおトロ	大トロ	鮪魚前腹的肥肉
0	がくえんさい	学園祭	日本學校的園遊會活動
5	けいたいでんわ	携帯電話	手機
★	～ほうめん	～方面	～方向
3	なつやすみ	夏休み	暑假
0	これから		現在
2	はじめて	初めて	第一次
1	シャープ	SHARP	日本 SHARP 公司
7	つくばエクスプレス	筑波エクスプレス	筑波快線列車
4	つくばだいがく	筑波大学	筑波大學
0	うえの	上野	上野
0	やまのてせん	山手線	山手線

表現文型

＊發音有較多起伏，請聆聽 MP3

發音	意義
大変（たいへん）ですね	真辛苦耶

學習目標 49 要求的說法①

❶ ちょっと待(ま)ってください。（請等一下。）

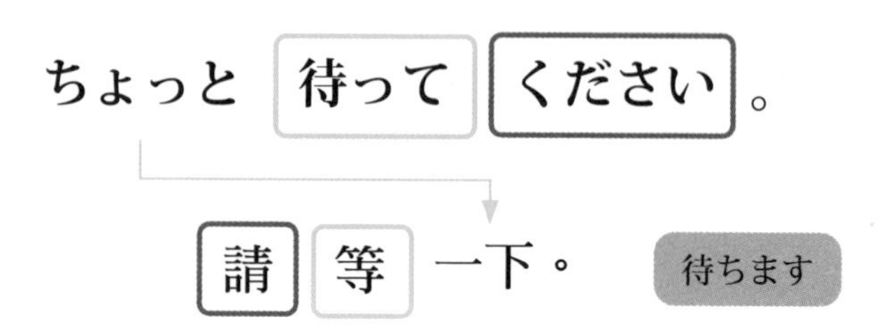

文型整理　[動詞－て形]｜ください　請[做]～

要注意！ 口語說法經常省略「ください」

口語的時候往往會省略「ください」，省略之後，口氣聽起來較坦白。

省略用法

（例）ちょっと待(ま)って。　（等一下。）

未省略用法

（例）ちょっと待(ま)ってください。　（請等一下。）待ちます

[動詞－て形] 的另一個用法

● 「～て欲(ほ)しいです」（希望的說法）

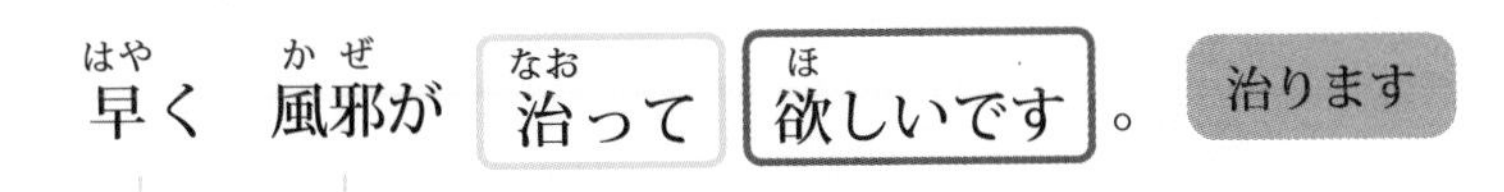
早(はや)く 風邪(かぜ)が 治(なお)って 欲(ほ)しいです。 治ります

希望 快點 感冒 治好。（希望感冒快點治好。）

文型整理 [動詞－て形] | 欲(ほ)しいです　希望[做]～

比較：這幾個意思非常接近的文型

相似文型	中譯	概念分類	動作分類	例文
[~~ます~~形]* たいです	想要[做]～	希望	**自己意志**的動作	日本(にほん)へ行(い)きたいです。（我想要去日本。）
[て形] 欲しいです	希望[做]～	希望	**非自己意志**的動作	早(はや)く風邪(かぜ)が治(なお)って欲(ほ)しいです。（希望感冒快點治好。）
[て形] ください	請[做]～	要求	**要求對方**的動作	ちょっと待(ま)ってください。（請等一下。）

* [~~ます~~形] 表示：ます形的字「去掉ます」，再做接續。

例文

● 取ります　すみませんが、その雑誌(ざっし)を取(と)ってください。

表示緩衝的語氣

（不好意思，請拿給我那本雜誌。）

～てください　請［做］～的說法

● 飲みます　一日(いちにち)に3回(さんかい)、この薬(くすり)を飲(の)んでください。

表示：分配單位（初級本09課）

（這個藥，一天請服用三次。）

～てください　請［做］～的說法

● 晴れます　明日(あした)は遠足(えんそく)ですから、晴(は)れて欲(ほ)しいです。

因為（初級本07課）

（因為明天就要遠足了，希望會放晴。）

～て欲しいです　希望［做］～的說法

筆記頁

空白一頁，讓你記錄學習心得，也讓下一頁的「學習目標」，能以跨頁呈現，方便於對照閱讀。

がんばってください。

（請加油！）

❷ ジュースを飲(の)んでもいいですか。（可以喝果汁嗎？）

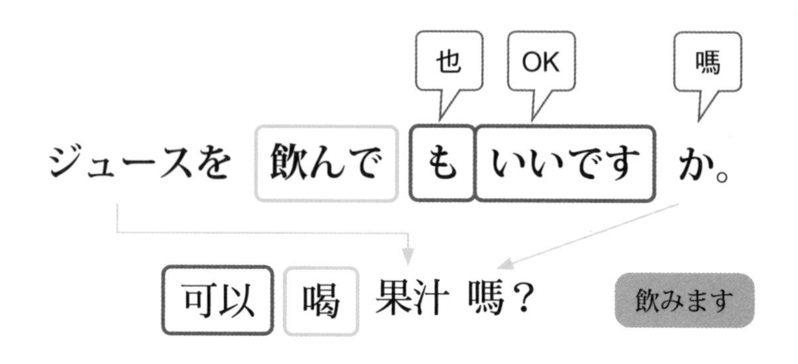

禁止的說法

上述文型的相反文型是：

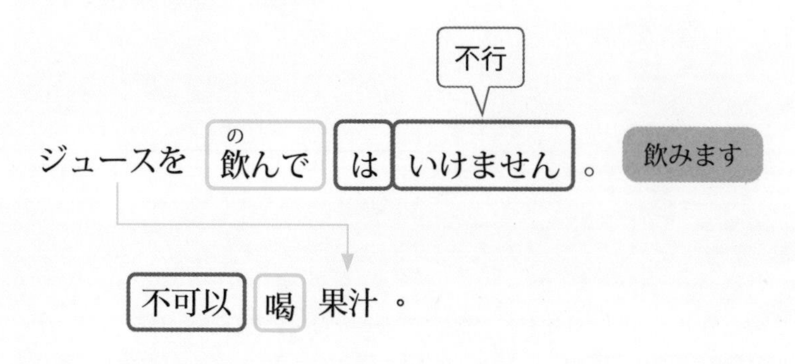

文型整理

[動詞－て形]	もいいです	可以[做]～
	はいけません	不可以[做]～

例文

● 帰ります　今日(きょう)は早(はや)く帰(かえ)ってもいいですか。

早く：早一點

（今天可以早一點回去嗎？）

～てもいいです　可以[做]～的說法

● 心配しない　ただの風邪(かぜ)ですから、心配(しんぱい)しなくてもいいです*。

ただの：普通　から：因為（初級本07課）

（因為是普通的感冒，所以沒必要擔心。）

～なくてもいいです　沒必要[做]～的說法

● 吸います　ここでタバコを吸(す)ってはいけません。

タバコ：香菸

（這裡不可以抽菸。）

～てはいけません　不可以[做]～的說法

[動詞－~~ない~~形] | なくてもいいです

可以不[做]～、沒必要[做]～

*[動詞－~~ない~~形]表示：ない形「去掉ない」，再做接續。

※「タバコ（香菸）」這個外來語源自江戶時代以前的戰國時代就有的葡萄牙語，因為年代久遠，所以「外來語」的印象較為薄弱，也常用平假名「たばこ」表示。

現在進行的說法

❸ 今(いま)、昼(ひる)ご飯(はん)を食(た)べています。((我)現在正在吃午飯。)

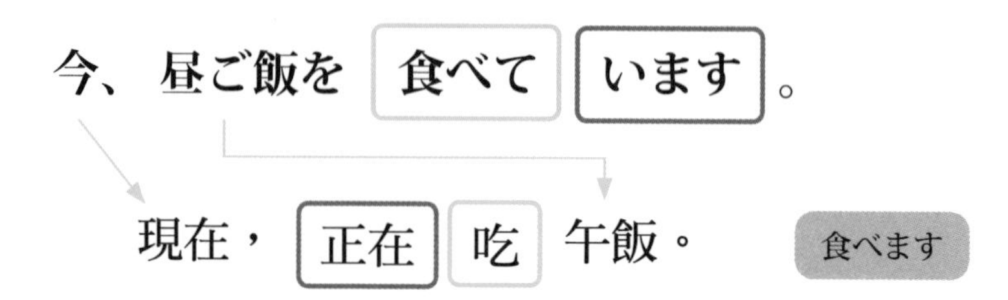

今、昼ご飯を
食べて
います
。
現在，
正在
吃
午飯。

食べます

文型整理　[動詞－て形] | います　正在[做]~

[動詞－て形] | います 的其他用法

「て形＋います」除了表達「現在進行」之外，還有其他用法：

表達：目前狀態

(例) 私(わたし)は結婚(けっこん)しています。 結婚します
(我已婚。)

(例) 私(わたし)はシャープで働(はたら)いています。 働きます
(我目前在 SHARP 上班。)

表達：習慣

（例）毎朝（まいあさ）ジョギングしています。 ジョギングします

（（我習慣）每天早上慢跑。）

要注意！ 表達「習慣」也可以用「～ます」

上述的〈習慣〉說法，也可以不用「～ています」，而用「～ます」。

（例）毎朝（まいあさ）ジョギングします。（（我習慣）每天早上慢跑。）

例文

● 勉強します 今（いま）、日本語（にほんご）を勉強（べんきょう）しています。

（（我）現在正在學日文。）

～ています 正在 [做] ～ 的說法

● 住みます 私（わたし）は大阪（おおさか）に住（す）んでいます。

（我目前住在大阪。）

～て（で）います 目前狀態的說法

● 書きます 毎日（まいにち）、日記（にっき）を書（か）いています。

（（我習慣）每天寫日記。）

～ています 習慣 [做] ～ 的說法

學習目標 52 試行的說法

❹ その美術館(びじゅつかん)へ行(い)ってみます。
（（我）會去看看那個美術館。）

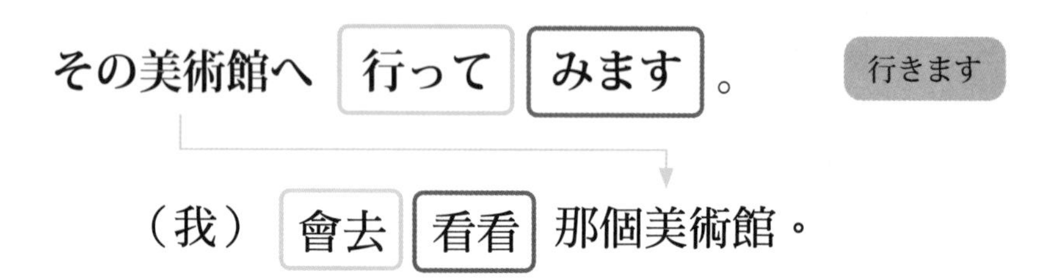

その美術館へ
行って
みます
。
行きます
（我）
會去
看看
那個美術館。

文型整理

[動詞－て形] | みます　[做]～看看

要注意！ [動詞－て形] | みます＋其他文型的活用

接下來，我們會看到許多「目前正在學的文型」＋「過去學過的文型」結合起來的用法。下面這兩個例子就是：

- 想要 [做] ～ 看看

～てみます ＋ ～たいです → ～てみ~~ます~~たいです

ます形「去掉ます」再接續

（例）世界一周旅行(せかいいっしゅうりょこう)をしてみたいです。（想要環遊世界看看。）

● 請［做］～看看

～てみます ＋ ～てください → ～てみますてください

みます 改為「て形」→ みて 再接續

（例）この曲(きょく)を聞(き)いてみてください。（請聽看看這首曲子。）

例文

● 見ます　地震(じしん)？ちょっとテレビを見(み)てみましょう。

テレビ：電視

（地震嗎？看一下電視看看吧。）

～てみます 的「ます」改成「ましょう」［做］～看看吧

● 食べます　大(おお)トロを食(た)べてみたいです。

大トロ：鮪魚前腹的肥肉

（想吃看看鮪魚前腹的肥肉。）

～てみます＋たいです 想要［做］～看看

● 着ます　こちらのサイズはどうですか。着(き)てみてください。

こちら：這個（服務業的禮貌用法，初級本 02 課）

どうですか：如何呢

（這個尺寸如何呢？請穿看看。）

～てみます＋てください 請［做］～看看

14課 應用會話

（電車（でんしゃ）に乗る（の）*）
搭乘

田中（たなか）：じゃ、これから筑波（つくば）エクスプレスに乗（の）りましょう。

陳（ちん）：ええ、どのくらい*かかりますか。
多少

田中（たなか）：５２分（ごじゅうにふん）で筑波（つくば）に着（つ）きます。この電車（でんしゃ）は初（はじ）めてですか。
抵達　第一次

陳（ちん）：はい。あの、切符（きっぷ）は…？

田中（たなか）：あそこの切符売り場（きっぷうりば）で買（か）ってください。
售票處

陳（ちん）：わあ、たくさん人（ひと）が並（なら）んでいますね。
排隊

田中（たなか）：ええ、今日（きょう）は筑波大学（つくばだいがく）の学園祭（がくえんさい）ですからね。

中譯

（要搭乘電車）

田中：那麼，我們現在去搭乘筑波快線列車吧。

陳：好啊。（乘車）要花多少時間呢？

田中：抵達筑波要 52 分鐘。你是第一次搭乘這個電車嗎？

陳：是的。那個…車票是…？

田中：請在那邊的售票處購買。

陳：哇！好多人正在排隊耶。

田中：對啊。因為今天是筑波大學的園遊會。

（電車(でんしゃ)の中(なか)で）

陳(ちん)：日本(にほん)の電車(でんしゃ)では、みんな静(しず)かですね。

田中(たなか)：そうですね。電車(でんしゃ)の中(なか)で携帯電話(けいたいでんわ)を使(つか)ってはいけませんから。
［から：因為（初級本07課）］

陳(ちん)：へえ、メールも見(み)てはいけませんか。
［メール：手機簡訊］

田中(たなか)：メールは見(み)てもいいです。携帯電話(けいたいでんわ)で話(はな)してはいけません。

陳(ちん)：あ！ あの人(ひと)、電車(でんしゃ)の中(なか)でジュースを飲(の)んでいますよ。
［ジュース：果汁］

田中(たなか)：日本(にほん)では電車(でんしゃ)の中(なか)でジュースは飲(の)んでもいいですよ。

陳(ちん)：そうですか。私(わたし)の国(くに)ではジュースはだめです。日本(にほん)と規則(きそく)が違(ちが)いますね。
［だめ：不行］［違います：不同］

中譯

（在電車裡）

陳：日本的電車裡，大家都好安靜耶。

田中：對啊。因為在電車裡不可以使用手機。

陳：哦～連看簡訊都不行嗎？

田中：可以看簡訊，使用手機聊天則不行。

陳：啊！那個人，他在電車裡喝著果汁唷！

田中：在日本，電車裡是可以喝果汁的喔！

陳：這樣子啊！在我的國家，（在電車裡）是不行喝果汁的。和日本的規則不同耶。

（筑波大学で）

田中：さあ、筑波大学に着きましたよ。中に入ってみましょう*。

表示催促、勸誘的語氣　裡面

陳：わあ。キャンパスが広いですね。あそこは何ですか。

校園

田中：図書館ですよ。見てみますか。

陳：ええ、行ってみたいです。

中譯

（在筑波大學）

田中：ㄟ～我們抵達筑波大學了唷！進去裡面看看吧！

陳：哇！校園很大耶。那裡是什麼呢？

田中：是圖書館唷。要參觀看看嗎？

陳：好啊，我想去看看。

＊「乗(の)る」是「搭乘」，「搭乘交通工具」可以說「～に乗(の)る」。「に」表示「進入點」。例如：

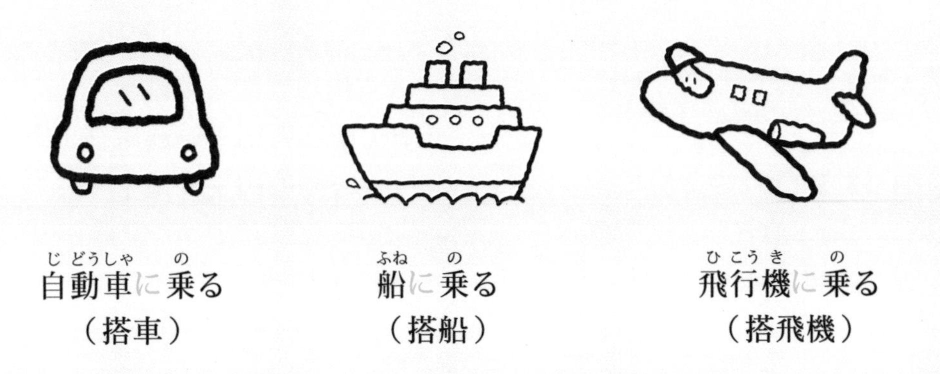

自動車(じどうしゃ)に乗(の)る
（搭車）

船(ふね)に乗(の)る
（搭船）

飛行機(ひこうき)に乗(の)る
（搭飛機）

● 「乗(の)る」的相反詞為：降(お)りる（下車、船、飛機…）。「下交通工具」要說「～を降(お)りる」。「を」表示「離開點」。

電車(でんしゃ)を降(お)りる
（下電車）

＊「どのくらい」是「多少」的意思，除了用來詢問花費時間之外，也可以用來詢問價錢。

費用(ひよう)はどのくらいかかりますか。（費用要花多少錢？）

＊～に入(はい)ってみましょう。（進去～看看吧！）

教室(きょうしつ)に入(はい)ってみましょう。（進去教室看看吧！）

14課 關連語句

說明在新宿車站轉乘

A：池袋駅(いけぶくろえき)へ行(い)きたいです。

B：新宿駅(しんじゅくえき)で山手線(やまのてせん)の上野方面(うえのほうめん)の電車(でんしゃ)に乗(の)り換(か)えてください。

乗り換えて：轉乘

> A：我想去池袋車站。
> B：請在新宿車站轉乘往上野方向的山手線電車。

說明在前方十字路口右轉

A：あの交差点(こうさてん)を右(みぎ)に曲(ま)がってください。

を：表示：經過點（初級本 12 課）　右に曲がって：右轉

B：わかりました。

> A：請在那個十字路口右轉。
> B：我知道了。

說明每天上班的交通工具

A：私(わたし)は毎日(まいにち)、バスと電車(でんしゃ)で会社(かいしゃ)へ通(かよ)っています。

会社へ通っています：往返上班

B：そうですか。大変(たいへん)ですね。

大変ですね：真辛苦耶

> A：我每天搭公車和電車上班。
> B：這樣子啊。真辛苦耶。

說明電車內禁止丟棄垃圾

A：電車(でんしゃ)で飲(の)み物(もの)を飲(の)んでもいいですか。

飲み物：飲料

B：いいですよ。でも、ごみを捨(す)ててはいけませんよ。

ごみ：垃圾　捨ててはいけません：不可以丟

> A：電車裡可以喝飲料嗎？
> B：可以唷。但是不可以丟垃圾唷。

下雨時提議買傘

A：雨(あめ)が降(ふ)っていますね。

B：そうですね、じゃあ、傘(かさ)を買(か)いましょうか。

對呀

A：正在下雨耶。

B：對呀。那麼，我們要不要買把傘呢？

說明暑假計劃

A：夏休み(なつやすみ)は何(なに)をしますか。

暑假

B：そうですね。海(うみ)へ行(い)ってみたいです。

這個嘛…　想去

A：暑假你要做什麼呢？

B：這個嘛…我想去海邊看看。

第15課

じゃ、チケットを買(か)ってきます。　那麼，我去買票再回來。

本課單字

語調	發音	漢字・外來語	意義
4	わすれます	忘れます	忘記
3	ききます	聞きます	問
4	あらいます	洗います	清洗
7	しゅくだいをします	宿題をします	做功課
4	よごれます	汚れます	弄髒、髒掉
3	ふえます	増えます	增加
3	しにます	死にます	死亡
4	おとします	落とします	遺失
3	おちます	落ちます	降落
4	わらいます	笑います	笑
4	はしります	走ります	跑
3	よります	寄ります	順便去
5	おちつきます	落ち着きます	鎮靜
6	こうふんします	興奮します	興奮
4	うごきます	動きます	轉動、啟動
4	まわります	回ります	繞一圈
5	つかまります	掴まります	抓住
3	こみます	込みます	擁擠
4	なくします	失くします	丟失
4	はらいます	払います	支付
0	ねむい	眠い	困倦的、想睡覺的
3	あたまがいい	頭がいい	頭腦好、聰明的
0	やさしい	優しい	溫柔的
3	うれしい	嬉しい	高興的

語調	發音	漢字・外來語	意義
2	こわい	怖い	可怕的
0	くらい	暗い	暗的
2	チケット	ticket	票
0	しゅくだい	宿題	功課
0	ふく	服	衣服
0	たいじゅう	体重	體重
0	むすこ	息子	兒子
1	ペット	pet	寵物
3	ねったいぎょ	熱帯魚	熱帶魚
3	あたま	頭	頭
0	おなか	お腹（＊這個字多半用假名表示，較少用漢字）	肚子
1	てんき	天気	天氣
1	パーティー	party	派對
0	きっさてん	喫茶店	咖啡店
3	にゅうじょうぐち	入場口	入口
3	かえり	帰り	回程
3	こっち		這裡
0	しゅっぱつ	出発	出發
0	ほんとう	本当	真實
0	にんぎょう	人形	人偶
0	ほんもの	本物	實物
1	バー	bar	橫杆
0	した	下	下面
2	パレード	parade	遊行
3	アトラクション	attraction	遊樂設施
1	わくわく		興奮的樣子
1	ドキドキ		緊張
3	もういっぱい	もう一杯	再一杯
0	もういちど	もう一度	再一次
1	つい		不禁、不由得
0	いっぱい		充滿
0	ほかに	他に	其他
2	ぐるっと		繞一圈
3	しっかり		牢牢地

語調	發音	漢字・外來語	意義
1	あと		再～、剩～
1	まず		首先
3	ところで		話說回來、對了
1	ほら		喂、瞧
0	しこく	四国	四國（日本四大島之一）
5	ディズニーランド	Disneyland	迪士尼樂園
1	カリブのかいぞく	カリブの海賊	加勒比海盜船
6	シンデレラじょう	シンデレラ城	灰姑娘城堡
7	スプラッシュマウンテン	Splash Mountain	飛濺山

招呼用語

＊發音有較多起伏，請聆聽 MP3

發音	意義
そろそろ失礼（しつれい）します	應該告辭了
それではまた	那麼，下次見
さようなら	再見
おーい	喂～

表現文型

＊發音有較多起伏，請聆聽 MP3

發音	意義
来（き）てよかったですね	來了真是太好了耶
やったあ	太棒了

筆記頁

空白一頁，讓你記錄學習心得，也讓下一頁的「學習目標」，能以跨頁呈現，方便於對照閱讀。

がんばってください。

（請加油！）

學習目標 53 動作順序的說法①：～然後

❶ 朝(あさ)起(お)きて、ご飯(はん)を食(た)べて、それから学校(がっこう)へ行(い)きます。
（（我）早上起床，吃飯，然後去學校。）

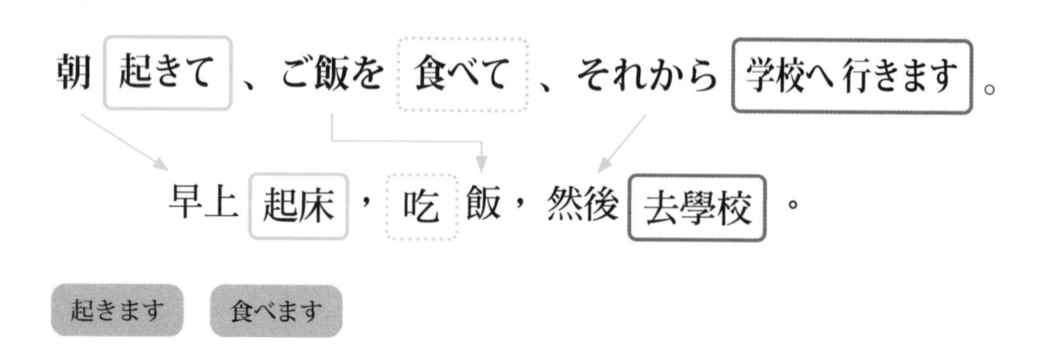
朝 起きて 、ご飯を 食べて 、それから 学校へ 行きます 。
早上 起床 ， 吃 飯，然後 去學校 。
起きます
食べます

文型整理	A［動詞－て形］、B［動詞－て形］、（それから）C。
	［做］A、［做］B、（然後）C。

要注意！

如何判別「て形」句子的過去式

「て形」本身沒有過去式，必須看句尾的動詞部分，來判斷句子是「現在式」或「過去式」。

（例）朝(あさ)起(お)きて、ご飯(はん)を食(た)べて、それから学校(がっこう)へ行(い)きます。
（（我）早上起床，吃飯，然後去學校。）

句尾是「現在形」的「ます」，所以是「現在式」。

例文

- 食べます／見ます　昼(ひる)ご飯(はん)を食(た)べて、お寺(てら)を見(み)て、お土産(みやげ)を買(か)いに行(い)きます。
  お土産：土產
  （（我）要去吃午餐，參觀寺廟，再去買土產。）

- 洗います　手(て)を洗(あら)ってから*、ご飯(はん)を食(た)べましょう。
  （洗完手後再吃飯吧。）

- します／書きます　毎晩(まいばん)、宿題(しゅくだい)をして、日記(にっき)を書(か)いてから寝(ね)ます。
  宿題：做功課
  （（我）每天晚上做功課，寫完日記後，再去睡覺。）

學習目標 54 遺憾的說法

❷ 電車に傘を忘れてしまいました。
（（我）把雨傘忘在電車裡了。）

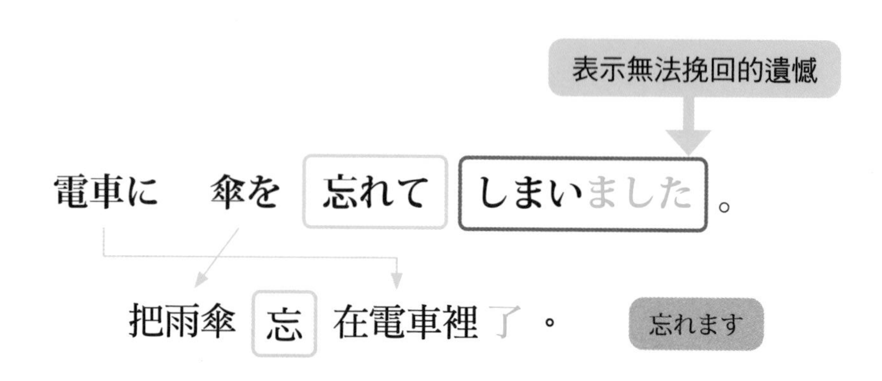
表示無法挽回的遺憾
電車に 傘を 忘れて しまいました。
把雨傘 忘 在電車裡 了 。
忘れます

一定要會的！

[動詞－て形] しまいます 的其他用法

「て形＋しまいます」的文型，除了可以表達「遺憾」之外，還有其他用法：

表示：無法挽回的遺憾

（例）服が汚れてしまいました。（衣服髒掉了。） 汚れます

表示：動作快速完成

（例）宿題は今、してしまいます。（現在要把功課做完。） します

表示：無法抵抗、控制

（例）会議中（かいぎちゅう）、いつも眠（ねむ）くなってしまいます。 眠くなります
（開會時，（我）總是會變得想睡覺。）

文型整理

[動詞－て形] | しまいます 〈無法挽回的遺憾〉
〈動作快速完成〉
〈無法抵抗、控制〉

要注意！ [動詞－て形] | しまいます 的口語說法

口語時，「て形＋しまいます」的發音常常產生變化，如下：

● ～てしまいます ⇒ ～ちゃいます

（例）冬（ふゆ）は体重（たいじゅう）が「増（ふ）えてしまいます」⇒「増（ふ）えちゃいます」
（冬天時體重會增加。）

（例）息子（むすこ）はもう「寝（ね）てしまいました」⇒「寝（ね）ちゃいました」
（兒子已經睡著了。）

● ～でしまいます ⇒ ～じゃいます

（例）ペットの熱帯魚（ねったいぎょ）が「死（し）んでしまいました」⇒「死（し）んじゃいました」
（當寵物養的熱帶魚死掉了。）

例文

- 落とします　どこかでお財布（さいふ）を落（お）としてしまいました。
  - どこか：不確定的某個地方
  - （錢包掉在某個地方了。）
  - 表示無法挽回的遺憾

- 読みます　あのマンガはもう全部（ぜんぶ）読（よ）んでしまいました。
  - マンガ：漫畫
  - （那部漫畫（我）已經全部看完了。）
  - 表示動作快速完成

- 笑います　この写真（しゃしん）は面白（おもしろ）いですね。つい笑（わら）ってしまいます。
  - つい：不由得
  - （這張照片真有趣耶。不由得讓人想笑。）
  - 表示無法抵抗、控制

筆記頁

空白一頁，讓你記錄學習心得，也讓下一頁的「學習目標」，能以跨頁呈現，方便於對照閱讀。

（請加油！）

形容詞・名詞的連接

❸ 四国（しこく）はうどんがおいしくて、お寺（てら）がたくさんあります。
（四國地方烏龍麵很好吃，而且有很多寺廟。）

四国は　うどんが　おいしくて　、お寺が　たくさん　あります。

四國地方　烏龍麵　很好吃　，有　很多　寺廟。

おいしい

文型整理

Xは、A ［動詞－て形］［い形容詞－~~い~~＋くて］［な形容詞－~~な~~＋で］［名詞－~~の~~＋で］、B。X（是）A而且B。

要注意！ A和B，不能是互相對立的概念

上述文型的A和B，不能放互相對立的概念。一定要用於「正面對正面」或「負面對負面」，當兩個評價「並非對立」時才可以使用。

● **評價是「一正一負」的時候**

如果評價是「一正一負」、「互相對立」時，要用「～が、～」：

（例）日本(にほん)の電気製品(でんきせいひん)は高(たか)いですが、いいです。

（日本的電器產品價格昂貴，但是品質很好。）

例文

● 親切（な） ※ な形容詞

彼(かれ)は親切(しんせつ)で頭(あたま)がいいです。

頭がいい：聰明

（他很親切，而且很聰明。）

～，而且～：並非對立的概念

● 高い ※ い形容詞

この料理(りょうり)は高(たか)くて、おいしくないです。

（這個料理很貴，而且不好吃。）

～，而且～：並非對立的概念

● あります

お金(かね)があって、優(やさ)しい人(ひと)と結婚(けっこん)したいです。

お金があって：有錢　優しい：溫柔的　と：和（初級本 03 課）

（想和有錢又溫柔的人結婚。）

有～，又～：並非對立的概念

動作和移動

❹ ちょっと道(みち)を聞(き)いてきます。((我) 問一下路 (再回來)。)

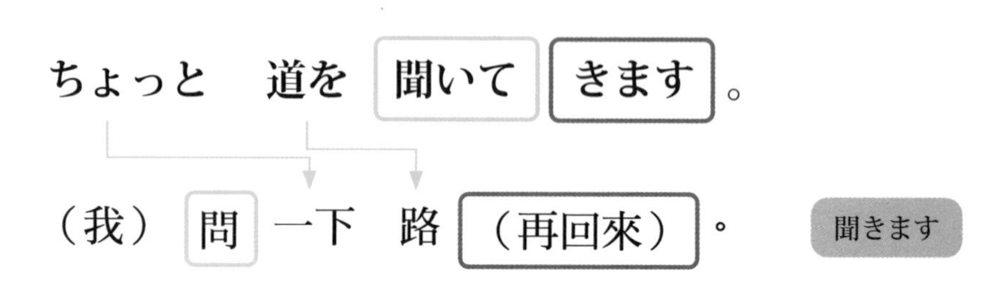

ちょっと 道を 聞いて きます。
(我) 問 一下 路 (再回來)。
聞きます

「～てきます」和「～ていきます」表達：動作和移動

● ～てきます：做～再回來

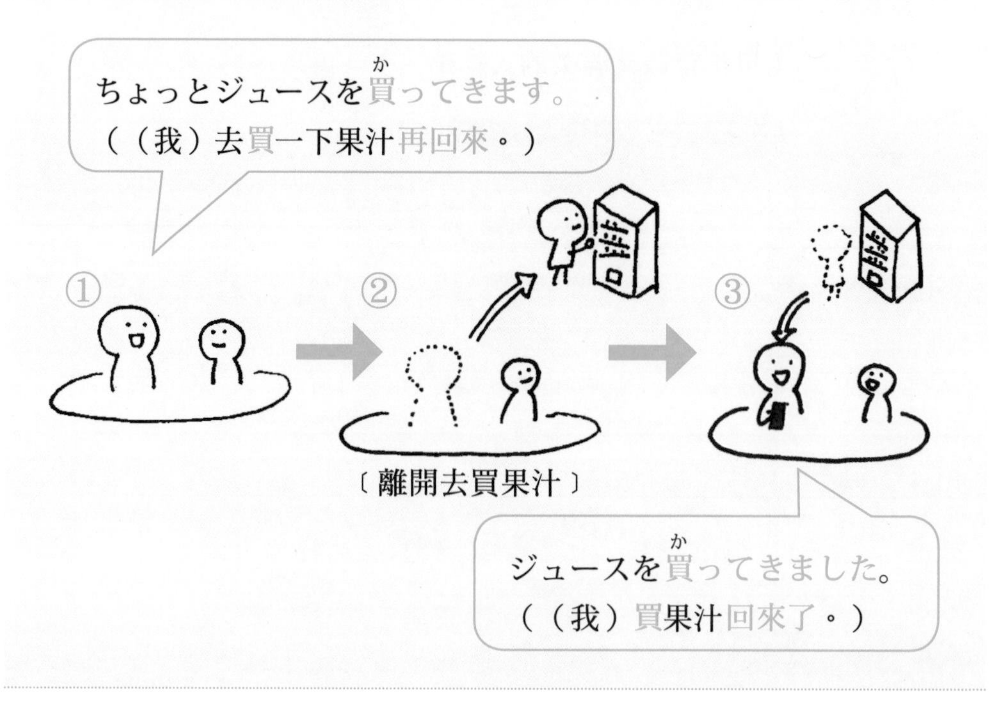

ちょっとジュースを買(か)ってきます。
((我) 去買一下果汁再回來。)
①
②
③
〔離開去買果汁〕
ジュースを買(か)ってきました。
((我) 買果汁回來了。)

● ～ていきます：做～之後再走、做～之後再去

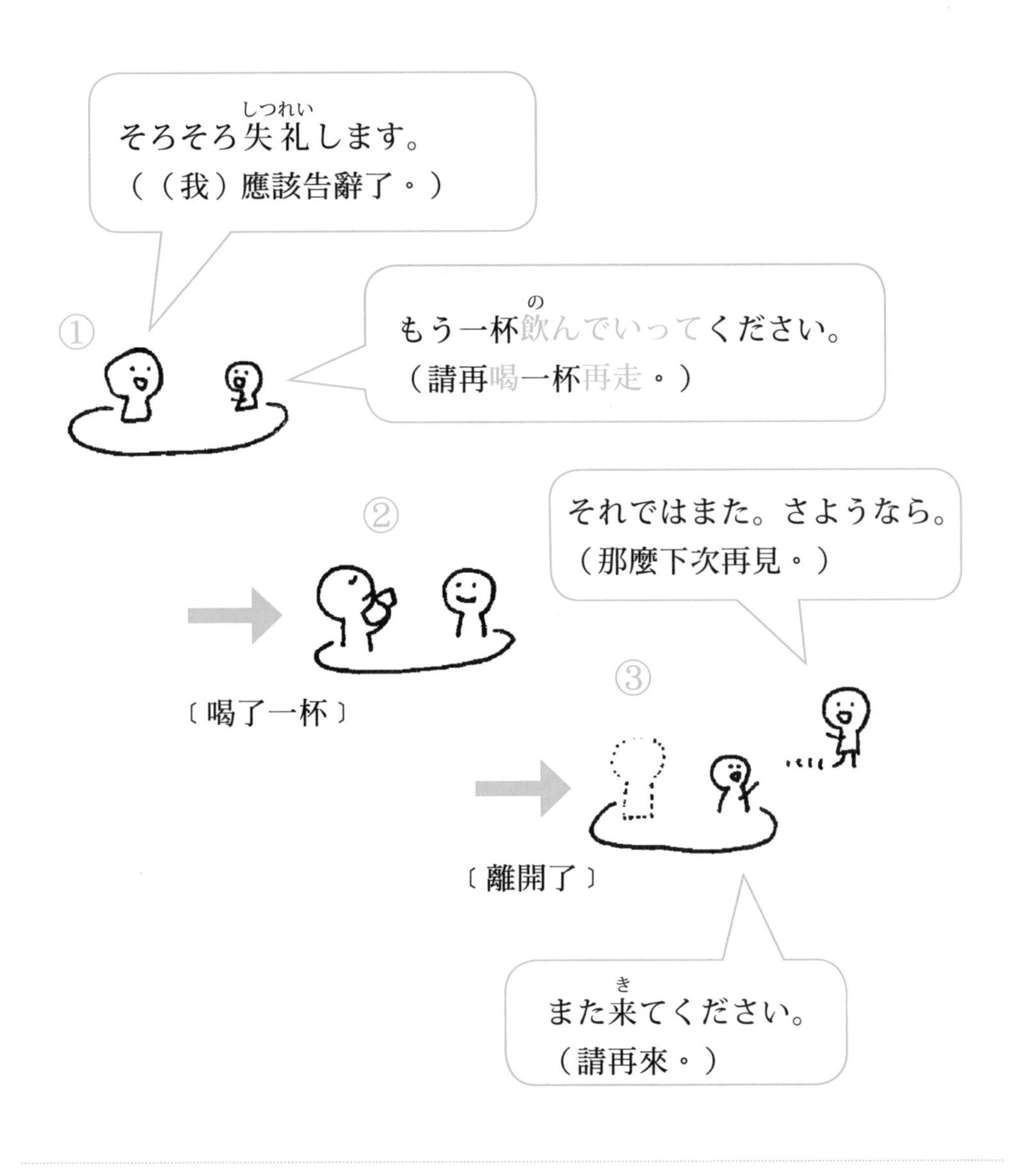

そろそろ失礼(しつれい)します。
（（我）應該告辭了。）
①
もう一杯飲(の)んでいってください。
（請再喝一杯再走。）
②
〔喝了一杯〕
それではまた。さようなら。
（那麼下次再見。）
③
〔離開了〕
また来(き)てください。
（請再來。）

行有餘力再多學！ 「～てきます」和「～ていきます」

也可以表達：變化和時間

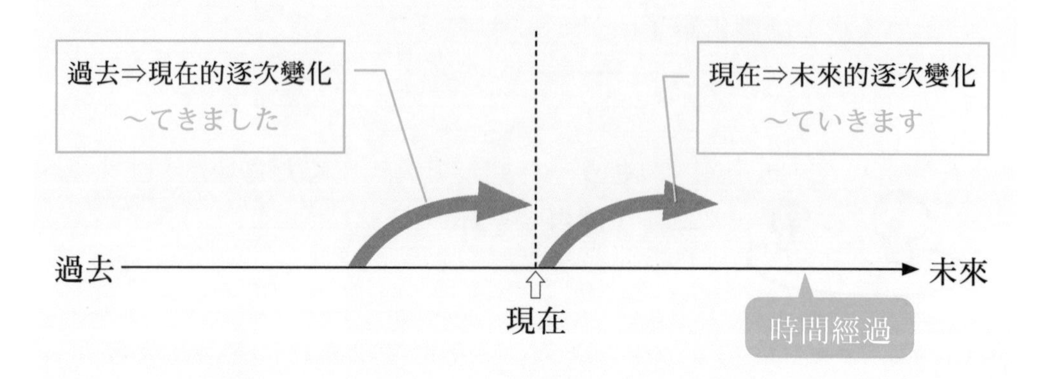

● ～てきました

（例）おなかが空（す）いてきました。 空きます

（肚子餓了起來。）

肚子從「過去不餓」⇒「現在餓了」的變化

● ～ていきます

（例）天気（てんき）はこれから暑（あつ）くなっていきます。 暑くなります

（天氣從現在開始會熱下去。）

※說話的此時是6月

天氣從「現在」⇒「未來」的變化

文型整理

［動詞－て形］ いきます ＜動作和移動＞ ＜變化和時間＞
きます

例文

● 行きます　ちょっとトイレに行(い)ってきます。

（（我）去一下洗手間（再回來）。）

～てきます　做～再回來 的說法

● 走ります　ここまで走(はし)ってきましたから、少(すこ)し休(やす)んでもいいですか。

もいいですか：可以嗎？

（因為用跑的來到這裡，可以稍微休息一下嗎？）

～てきます　過去 ⇒ 現在的逐次變化 的說法

● 寄ります　パーティーまでまだ時間(じかん)がありますから、

まだ：還

喫茶店(きっさてん)に寄(よ)っていきましょう。

喫茶店：咖啡廳

（離派對開始還有時間，我們順道去咖啡廳再去吧。）

～ていきます　做～之後再去 的說法

15課 # 應用會話

（ディズニーランドで）

王（おう）：やったあ。ディズニーランドへ来（き）ました！
太棒了

陳（ちん）：ははは。王（おう）さん、入場口（にゅうじょうぐち）へ走（はし）って行（い）ってしまいました。

鈴木（すずき）：来（き）てよかったですね。
來了真是太好了耶

陳（ちん）：ここは何（なん）ですか。

鈴木（すずき）：お土産（みやげ）売（う）り場（ば）ですよ。帰（かえ）りに寄（よ）っていきましょう。
回程

陳（ちん）：そうですね。ところで、王（おう）さんは…。
對了

王（おう）：おーい。こっちこっち。
喂～

鈴木（すずき）：わあ、人（ひと）がいっぱいですね。じゃ、チケットを買（か）ってきますから、
滿滿的

ここで待（ま）っていてください。

陳（ちん）：はい。…王（おう）さーん、落（お）ち着（つ）いてください。
冷靜

まだ中（なか）にも入（はい）っていませんよ。
連…。後面接續否定表現，表示「連…都沒有…」

王（おう）：はっは、すみません。嬉（うれ）しくて、つい興奮（こうふん）してしまいました。
因為太高興了。「い形容詞去い＋くて」表示原因

（園内(えんない)に入(はい)って）

鈴木(すずき)：まずどこに行(い)きましょうか。
首先

王(おう)：えっと、カリブの海賊(かいぞく)に乗(の)って、シンデレラ城(じょう)を見(み)て、
それからスプラッシュマウンテンに乗(の)りに行(い)きましょう。
表示：目的（初級本 12 課）

陳(ちん)：カリブの海賊(かいぞく)は怖(こわ)いですか？

鈴木(すずき)：怖(こわ)くないですよ。面白(おもしろ)いですよ。じゃ、行(い)きましょう。

（カリブの海賊(かいぞく)で）

王(おう)：あ、動(うご)きました。出発(しゅっぱつ)ですよ。わくわくしますね*！
好興奮喔

陳(ちん)：わあ、ちょっと暗(くら)いですよ。怖(こわ)くてドキドキします*。
因為太恐怖。「い形容詞去い＋くて」表示原因

鈴木(すずき)：だいじょうぶ、だいじょうぶ。ほら、あそこを見(み)てください。
沒事　你瞧。喚起對方注意的用語

王(おう)：え？ レストラン？

陳(ちん)：あ、本当(ほんとう)ですね。あれも人形(にんぎょう)ですか。
真的耶

鈴木(すずき)：いえいえ、あれは本物(ほんもの)の人(ひと)ですよ。ここは、アトラクションの中(なか)にレストランがあります。
真人　遊樂設施

王（おう）：へえ、面白（おもしろ）いですね。じゃ、スプラッシュマウンテンに乗（の）ってから、ここで昼（ひる）ご飯（はん）を食（た）べましょうか。

陳（ちん）：他（ほか）にもいろいろな所（ところ）にレストランがありますから、ぐるっと回（まわ）って〔繞一圈〕から決（き）めましょう。

鈴木（すずき）：王（おう）さん、陳（ちん）さん、しっかり〔牢牢地〕バーに掴（つか）まって〔抓〕ください。この船（ふね）は今（いま）から下（した）へ〔往下〕落（お）ちますよ。ほら！

＊「わくわく」和「ドキドキ」是日語的「擬聲擬態語」。本身是副詞，加上「します」就能當動詞使用：

- わくわく：形容因為期待某事而興奮不已、雀躍的樣子。

  もうすぐ彼女（かのじょ）に会（あ）います。わくわくしますね。

  （馬上就要和女朋友見面了，好興奮喔。）

- ドキドキ：形容心臟劇烈跳動的聲音、或忐忑不安、緊張的樣子。

  もうすぐスピーチをします。すごくドキドキします。

  （馬上就要演講了，心情很忐忑不安。）

中譯

（在迪士尼樂園裡）

王：太棒了！我們來到迪士尼樂園了！

陳：哈哈哈，王先生已經往入口跑掉了。

鈴木：來了真是太好了耶！

陳：這裡是什麼地方呢？

鈴木：是土產賣場唷！我們回去時順路去了再走吧！

陳：好吧。對了，王先生呢…？

王：喂～～這裡這裡。

鈴木：哇！！滿滿的人耶。那麼我先去買票再過來，所以請在這裡等著。

陳：好的。王先生～請冷靜一下。我們連裡面都還沒進去唷！

王：哈哈～不好意思。因為我太開心了，忍不住興奮起來。

（進入園區內）

鈴木：我們首先要去哪裡呢？

王：嗯…先搭加勒比海盜船，再去參觀灰姑娘城堡，然後再去搭乘飛濺山吧。

陳：加勒比海盜船很恐怖嗎？

鈴木：不會恐怖啦！很有趣唷！那麼，我們走吧。

（在加勒比海盜船）

王：啊！動了！出發囉！好興奮喔！

陳：哇！有點黑耶！好可怕，所以我心臟都噗通噗通的跳！

鈴木：沒事、沒事。你瞧，請看那邊。

王：咦？餐廳嗎？

陳：啊！真的耶。那個也是人偶嗎？

鈴木：不是不是，那是真人唷！這個地方，遊樂設施裡面有餐廳。

王：哦～真有趣耶。那麼，搭乘飛濺山之後，我們要不要在這裡吃午餐？

陳：除此之外，其他各式各樣的地方也都有餐廳，所以我們繞一圈之後再決定吧。

鈴木：王先生、陳小姐，請抓緊橫桿。這個船現在要往下降囉！快看！

15課 # 關連語句

提議先買回程車票再入場

A：帰り（かえ）の切符（きっぷ）を買（か）ってから、中（なか）に入（はい）りましょう。
帰り：回程

B：そうですね。帰（かえ）りは込（こ）みますからね。
込みます：擁擠

A：購買回程車票之後，再進去裡面吧。
B：好啊。因為回程會很擁擠啊。

說明在遊樂園的行程規劃

A：昼（ひる）ご飯（はん）を食（た）べて、スペースマウンテンに乗（の）って、それからパレードを見（み）ます。
パレード：遊行

B：パレードを見（み）てから、何（なに）をしますか。

A：お土産（みやげ）を買（か）って帰（かえ）ります。

A：吃完午餐，去搭乘太空山，然後去看遊行。
B：看完遊行之後要做什麼呢？
A：買名產，然後回家。

說明車票不見了

A：切符（きっぷ）を失（な）くしてしまいました。
失くしてしまいました：遺失了

B：どこから乗（の）りましたか。
から：從

A：所沢駅（ところざわえき）です。

B：じゃ、すみませんが、もう一度（いちど）680円（ろっぴゃくはちじゅうえん）払（はら）ってください。
もう一度：再一次
払ってください：請支付

A：車票遺失了。
B：從哪裡上車的呢？
A：所澤站。
B：那麼，不好意思，請再付一次680日圓。

陳述東京的樣貌

A：東京(とうきょう)はどんな街(まち)ですか。
（どんな：什麼樣的）

B：人(ひと)が多(おお)くて、にぎやかな街(まち)ですよ。

A：東京是個什麼樣的城市？
B：人很多，而且很熱鬧的城市唷。

準備告辭回家

A：そろそろ失礼(しつれい)します。

B：もうですか。もう一杯(いっぱい)飲(の)んでいってください。
（もう：已經；もう一杯：再一杯）

A：じゃあ、あと一杯(いっぱい)だけ。
（あと：再～；だけ：只）

A：我應該告辭了。
B：已經要走了嗎？請再喝一杯再走。
A：那麼，只能再喝一杯。

第16課

ピアノを弾(ひ)くことができます。　（我）會彈鋼琴。

本課單字

語調	發音	漢字・外來語	意義
3	ひきます	弾きます	彈奏
3	できます	出来ます（＊這個字多半用假名表示，較少用漢字）	辦得到、完成
3	なります	成ります（＊這個字多半用假名表示，較少用漢字）	變成
3	かえます	換えます	換
4	うたいます	歌います	唱歌
7	おいのりをします	お祈りをします	祈禱
5	がんばります	頑張ります	加油、努力
4	はじめます	始めます	開始
3	おします	押します	按壓、推
2	とくい	得意	擅長
0	にがて	苦手	不擅長、難對付
1	しゅみ	趣味	興趣
2	ゆめ	夢	夢想
1	ビル	building	大樓
2	うた	歌	歌曲
1	きょねん	去年	去年
1	ほんじつ	本日	本日、今天
1	ぶんしょう	文章	文章
0	ないよう	內容	內容
0	もんだい	問題	問題
0	ピアノ	piano	鋼琴
0	コンビニ	convenience store	便利商店

語調	發音	漢字・外來語	意義
4	ごがくがっこう	語学学校	語言學校
5	にちじょうせいかつ	日常生活	日常生活
0	そろばん	算盤（＊這個字多半用假名表示，較少用漢字）	算盤
0	あんざん	暗算	心算
4	しようきかん	試用期間	試用期
0	じきゅう	時給	時薪
4	タイムカード	timecard	計時卡
1	ふうけい	風景	風景
0	せんしゅう	先週	上星期
1	リーダー	leader	領導、首領
0	さいきん	最近	最近
1	ずいぶん	随分（＊這個字多半用假名表示，較少用漢字）	相當
0	ちょうど		整整
0	かならず	必ず	務必、一定
1	どのくらい		多久、多少
1	～きゅう	～級	～級
1	～かげつ	～か月	～個月
1	ワード	Word	Word
1	エクセル	Excel	Excel

招呼用語 ＊發音有較多起伏，請聆聽 MP3

發音	意義
～と申（もう）します	叫做～

學習目標 57 能力的說法①

❶ ピアノを弾(ひ)くことができます。（（我）會彈鋼琴。）

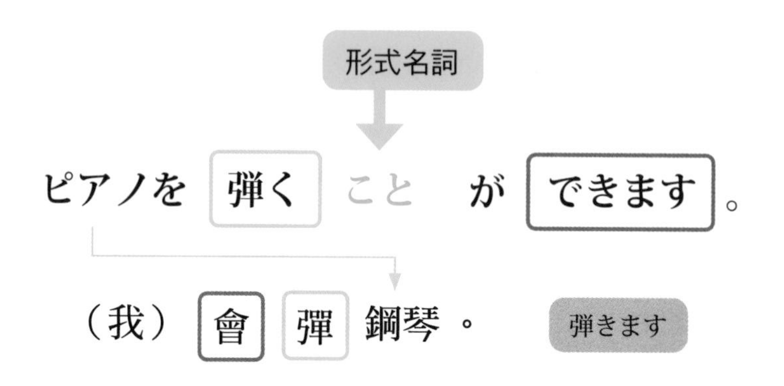

動詞與助詞的接續

日語文法中：
「動詞」原則上不能直接接續「は」「が」「を」等「助詞」以及「です・じゃありません」。「動詞」可以直接接續「名詞」。
「名詞」可以直接接續「助詞」以及「です・じゃありません」。

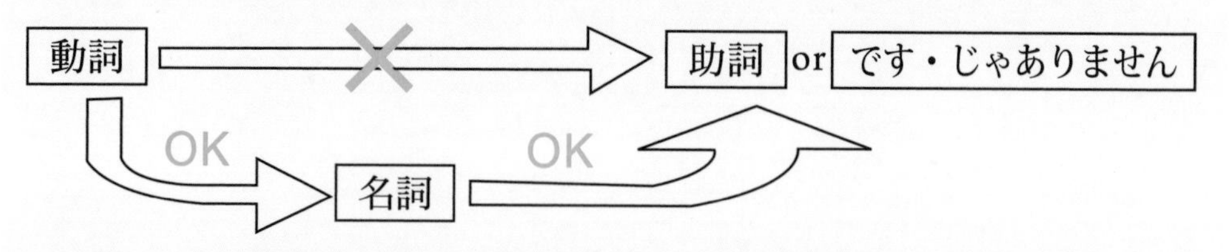

所以動詞要接續助詞的話，中間要加上形式上的名詞「こと」。
助詞前面，如果只是接續「名詞」的話，就不需要「こと」。

（例） 私(わたし)は英語(えいご)ができます。（我會英文。）

「～ことができます」的用法

● 表示：個人的能力

（例）ピアノを弾（ひ）くことができます。 弾きます
（（我）會彈鋼琴。）

● 表示：場所的機能

（例）このホテルでお金（かね）を換（か）えることができます。 換えます
表示：動作進行地點（初級本 03 課）
（在這個飯店可以換錢。）

行有餘力再多學！

「動詞」要接「です・じゃありません」的話…

動詞接續「です・じゃありません」時，也要透過形式名詞「こと」：

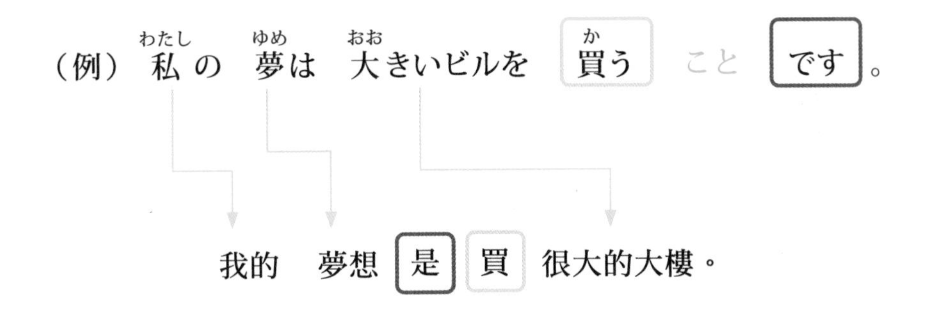

（例）私（わたし）の 夢（ゆめ）は 大（おお）きいビルを 買（か）う こと です。
我的 夢想 是 買 很大的大樓。

什麼時候要用形式名詞「こと」？

許多人在造句時，經常出現這樣的句子：

（例） 私（わたし）の趣味（しゅみ）は映画（えいが）を見（み）ます。 NG

這樣的句子是有問題的！日文裡，動詞做結尾的句子，助詞「は」的前面必須是【動作主】。

但是上面句子的「私（わたし）の趣味（しゅみ）」並不是【動作主】，這樣的句子雖然聽得懂，卻不符合日文的文法原則，不是自然的日文。應該要說：

● 私（わたし）の趣味（しゅみ）は映画（えいが）を見（み）ることです。（我的興趣是看電影。）

文型整理

[動詞－辭書形] こと	が	できます	可以/能夠/會[做]～
[名詞]			可以/能夠/會～

	A		
Xは、	[動詞－辭書形] こと	です	X是[做]A
	[名詞]		X是A

例文

● 使います　ここでは携帯電話を使うことができません。（けいたいでんわ／つか）

（這裡不能使用手機。）

～ことができません　不能 [做] ～ 的說法

● 歌います　彼女は英語で歌を歌うことができます。（かのじょ／えいご／うた／うた）

表示：工具・手段（初級本 12 課）

（她能夠用英文唱歌。）

～ことができます　能夠 [做] ～ 的說法

● 撮ります　趣味は写真を撮ることです。（しゅみ／しゃしん／と）

照片

（興趣是拍攝照片。）

～は～ことです　～是 [做] ～ 的說法

16課 學習目標 58 動作順序的說法②：～之前

❷ 寝(ね)るまえに日記(にっき)を書(か)きます。（（我）睡前會寫日記。）

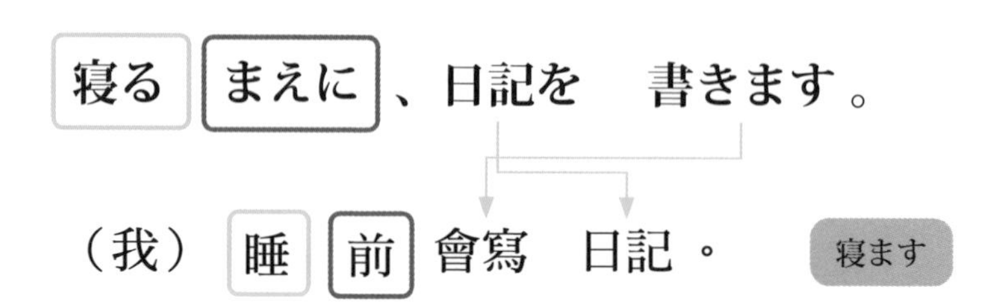

「まえに（前(まえ)に）」的前面如果是「三年(さんねん)」（三年）、「２時間(にじかん)」（兩個小時）這類的「時間詞」，可以直接接續。

（例）三年前(さんねんまえ)に結婚(けっこん)しました。（（我）三年前結婚了。）

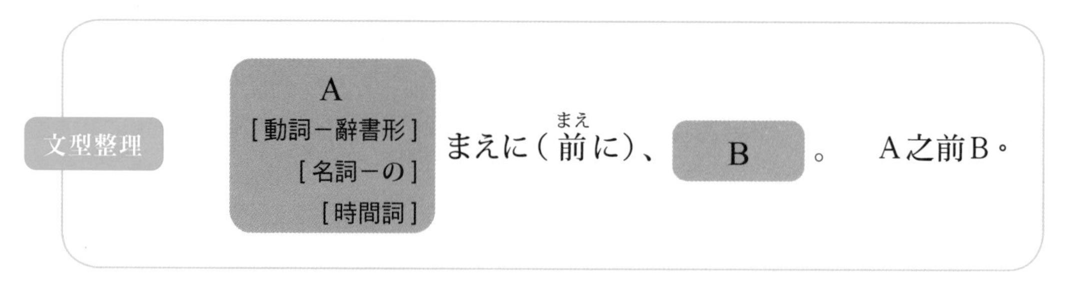

※寫成「まえに」或「前に」都可以：
屬於文法上的用法，多半寫成平假名的「まえに」。例如 [動詞-辭書形] まえに，[名詞-の] まえに。
如果前面是「時間詞」，通常寫成漢字的「前に」。

例文

● 行きます　会社(かいしゃ)へ行(い)くまえにコンビニで朝(あさ)ご飯(はん)を買(か)います。

表示：方向（初級本 04 課）　便利商店

（（我）去上班前會在便利商店買早餐。）

[動詞－辭書形] ＋まえに 的說法

● 食事　※ 名詞

食事(しょくじ)のまえにお祈(いの)りをしましょう。

祈禱吧

（吃飯前先祈禱吧。）

[名詞＋の] ＋まえに 的說法

● 5 年　※ 時間詞

私(わたし)は5年前(ごねんまえ)に結婚(けっこん)しました。

（我五年前結婚了。）

[時間詞] ＋前に 的說法

變化的說法①

❸ 最近(さいきん)、暑(あつ)くなりました。（最近變熱了。）

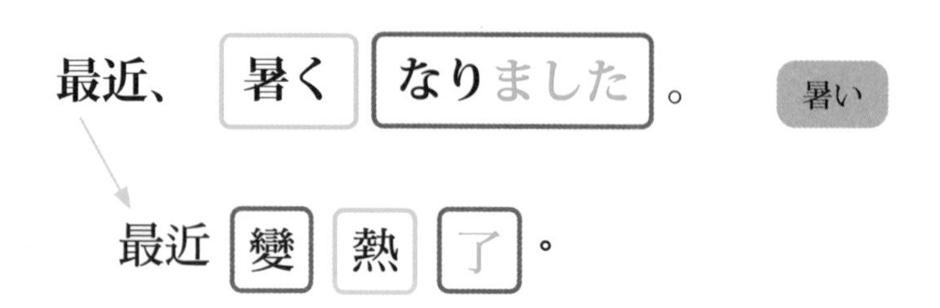

文型整理

[い形容詞－い＋く]	なります	變成/當成/成為～
[な形容詞－な＋に]	します	弄成/作成/決定成～
[名詞－の＋に]		

例文

● にぎやか(な) ※な形容詞　この街(まち)はずいぶん（相當）にぎやかになりました。

（這個城市變得相當熱鬧。）

な形容詞：な＋になります 變成～ 的說法

高い
※い形容詞

物価(ぶっか)は去年(きょねん)より高(たか)くなりましたから、大変(たいへん)です。

表示：比較基準（初級本 11 課）　受不了

（因為物價變得比去年高，真受不了。）

い形容詞：~~い~~＋くなります　變成～的說法

静か(な)
※な形容詞

勉強中(べんきょうちゅう)ですから、静(しず)かにしてください。

（因為正在唸書，所以請安靜。）

な形容詞：~~な~~＋にします　弄成～的說法

16課

應用會話

（アルバイトの面接（めんせつ））
（面接：面試）

王（おう）：初（はじ）めまして。王民権（おうみんけん）と申（もう）します*。本日（ほんじつ）はよろしくお願（ねが）いします。
（と申します：叫做；本日：今天）

面接官（めんせつかん）：はい、こんにちは。王（おう）さんは日本（にほん）へ来（き）てどのくらいですか。
（どのくらい：多久）

王（おう）：ちょうど1年（いちねん）です*。今（いま）は語学学校（ごがくがっこう）で勉強（べんきょう）しています。
（ちょうど：整整；で：表示：動作進行地點（初級本03課））

面接官（めんせつかん）：日本語（にほんご）の文章（ぶんしょう）は読（よ）むことができますか。

王（おう）：はい。日常生活（にちじょうせいかつ）の内容（ないよう）は問題（もんだい）ありません。
（問題ありません：沒問題）

面接官（めんせつかん）：パソコンのワードやエクセルを使（つか）うことはできますか。
（ワード：Word；エクセル：Excel；は：表示：區別・對比（初級本05課））

王（おう）：はい、できます。

面接官（めんせつかん）：他（ほか）に何（なに）か特技（とくぎ）はありますか。
（他に：其他；特技：專長）

王（おう）：算盤（そろばん）は1級（いっきゅう）ですから、暗算（あんざん）が得意（とくい）です*。

から：因為（初級本07課）　得意です：擅長

面接官（めんせつかん）：それはいいですね。土曜日（どようび）も働（はたら）くことができますか。

王（おう）：はい。でも日曜日（にちようび）はちょっと…。

面接官（めんせつかん）：わかりました。試用期間（しようきかん）は3か月（さんかげつ）で、時給（じきゅう）は850円（はっぴゃくごじゅうえん）です。3か月後（さんかげつご）は900円（きゅうひゃくえん）になります。この条件（じょうけん）でいいですか。

時給：時薪

王（おう）：はい、わかりました。頑張（がんば）ります。

頑張ります：努力

面接官（めんせつかん）：それから、仕事（しごと）を始（はじ）めるまえに必（かなら）ずタイムカードを押（お）してください。

それから：還有　必ず：務必　タイムカードを押して：打卡

王（おう）：はい。

面接官（めんせつかん）：それでは、来週（らいしゅう）の月曜日（げつようび）から来（き）てください。

から：從、表示「起點」（初級本03課）

中譯

（打工的面試）

王：初次見面，您好。我叫做王民權。今天請多多關照。

面試官：好的，你好。王先生來日本多久了？

王：整整1年。現在正在語言學校唸書。

面試官：你能閱讀日文文章嗎？

王：可以。日常生活方面的內容是沒問題的。

面試官：你會使用電腦的 Word 和 Excel 之類的嗎？

王：可以，我會操作。

面試官：其他還有什麼專長嗎？

王：算盤（珠算）是 1 級，所以擅長心算。

面試官：那樣真是太好了。星期六也可以上班嗎？

王：可以。但是星期日的話就有點…。

面試官：我明白了。試用期是 3 個月，時薪 850 日圓，3 個月後（時薪）會變成 900 日圓。這個條件可以嗎？

王：可以，我知道了。我會努力。

面試官：還有，開始工作之前，請務必要打卡。

王：好的。

面試官：那麼，請你從下星期的星期一開始過來上班。

＊「～と申します」是「我是某某某、我叫做～」的意思。這是面試時常用的自我介紹用語。

＊ちょうど～です。（整整～、剛好～。）

ちょうど一万円です。（剛好一萬日圓。）

＊「～が得意です」是「擅長～」的意思。另外：

- 「～が得意です」的類似說法：～が上手です（擅長～）
- 「～が得意です」的相反說法：～が苦手です（不擅長～）
  ～が下手です（不擅長～）

得意
私は歌が得意です。
should？
could？
苦手
私は英語が苦手です。

（我擅長唱歌。）　（我不擅長英文。）

16課 關連語句

詢問哪裡可以預訂票

A：どこでチケットの予約（よやく）ができますか。
予約：預訂

B：コンビニでできますよ。

A：票可以在哪裡預訂呢？
B：在便利商店可以預訂唷！

說明自己的英文能力

A：英語（えいご）ができますか。

B：読（よ）むことはできますが、話（はな）すことは苦手（にがて）です。
が：表示：逆接（初級本 06 課）
苦手：不擅長

A：你會英文嗎？
B：閱讀的話沒問題，但是不擅長說的部分。

詢問對方的興趣

A：趣味（しゅみ）は何（なん）ですか。

B：私（わたし）の趣味（しゅみ）は街（まち）の風景（ふうけい）の写真（しゃしん）を撮（と）ることです。
街の風景：街景

A：你的興趣是什麼呢？
B：我的興趣是拍攝街景的照片。

說明吃藥的時間

A：寝（ね）るまえにこの薬（くすり）を飲（の）んでください。
飲んでください：請服用

B：はい。わかりました。

A：請在睡前服用這個藥。
B：好的，我知道了。

說明何時來到日本的

A：いつ日本(にほん)へ来(き)ましたか。
什麼時候

B：2年前(にねんまえ)に来(き)ました。

A：你什麼時候來到日本的呢？
B：我2年前來的。

針對對方升職表達意見

A：先週(せんしゅう)から、バイトのリーダーになりました。
工讀生　領班

B：すごいですね。頑張(がんば)ってください。

A：我從上星期開始成為工讀生的領班了。
B：很厲害耶！請加油！

第17課

あまり無理(むり)しないでくださいね。　請不要太勉強喔。

本課單字

語調	發音	漢字・外來語	意義
1、4	むりします	無理します	勉強
3	いいます	言います	說
1、4	メモします	memo＋します	做筆記
3	もちます	持ちます	拿、攜帶
4	つくります	作ります	製作
6	かいてんします	開店します	開店
6	じゅうじつします	充実します	充實
5	ちょきんします	貯金します	儲蓄、存錢
0	あぶない	危ない	危險的
3	すくない	少ない	少的
4	いそがしい	忙しい	繁忙的
0	じゅうよう	重要	重要的
0	だいじ	大事	重要的
0	ひま	暇	閒暇、空閒的
3	ざんねん	残念	可惜
2	レポート	report	報告
0	ろうか	廊下	走廊
0	ひみつ	秘密	秘密
0	えんぴつ	鉛筆	鉛筆
0	せんせんしゅう	先々週	上上星期
3	てつだい	手伝い	幫忙
0	おきゃくさん	お客さん	顧客
0	きゅうじつ	休日	假日
0	へいじつ	平日	平日

語調	發音	漢字・外來語	意義
3	ひるま	昼間	白天
0	しょっき	食器	餐具
1	きゅうりょう	給料	薪水
0	やりがい	やり甲斐（＊這個字多半用假名表示，較少用漢字）	幹勁
1	こんばん	今晩	今晚
1	ボーナス	bonus	獎金
	DVD	digital versatile disc	DVD
0	ちゅうぼう	厨房	廚房
1	レジ	register	收銀台
3	きつえんしつ	喫煙室	吸菸室
3	けっしょうせん	決勝戦	決賽
5	ワールドカップ	World Cup	世界盃

表現文型

＊發音有較多起伏，請聆聽 MP3

發音	意義
そういう	那樣的
それはいけませんよ。	那樣是不行的唷。

學習目標 60 要求的說法②

❶ タバコを吸（す）わないでください。（請不要抽菸。）

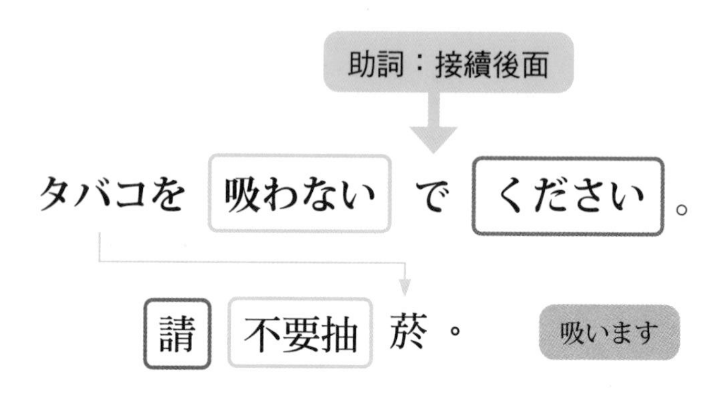
助詞：接續後面
タバコを
吸わない
で
ください
。
請
不要抽
菸
。
吸います

文型整理

[動詞－ない形] | で ください　　請不要[做]～

例文

● 走ります　廊下（ろうか）を走（はし）らないでください。
表示：經過點（初級本 12 課）
（在走廊請不要奔跑。）

● 押します　危（あぶ）ないですから、押（お）さないでください。
（很危險，所以請不要推擠。）

● 言います　この秘密（ひみつ）は誰（だれ）にも言（い）わないでくださいね。
表示：動作的對方（初級本 08 課）
（這個秘密對任何人都請不要說喔。）

筆記頁

空白一頁，讓你記錄學習心得，也讓下一頁的「學習目標」，能以跨頁呈現，方便於對照閱讀。

がんばってください。

（請加油！）

義務・強制的說法

❷ レポートを書(か)かなければなりません。（一定要寫報告。）

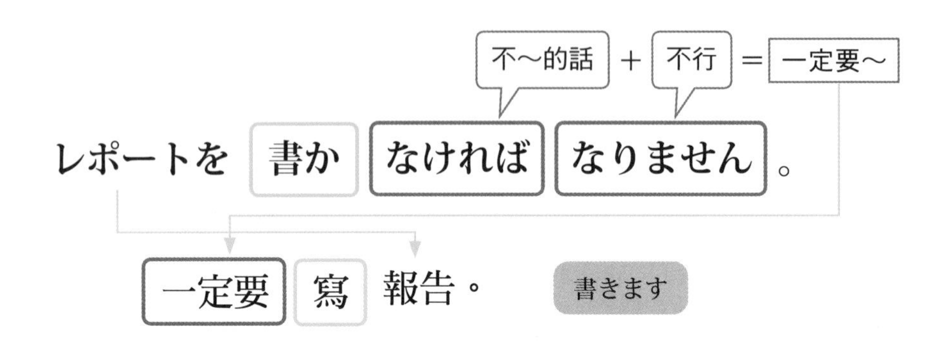

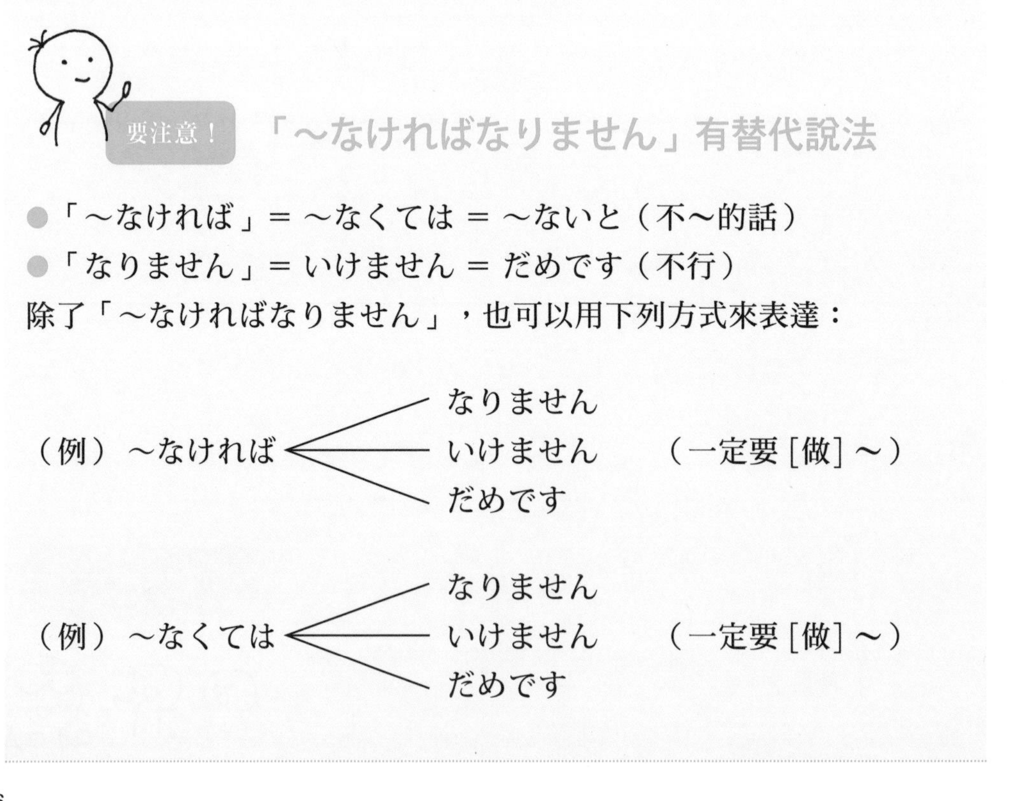

要注意！
「～なければなりません」有替代說法
●「～なければ」＝～なくては＝～ないと（不～的話）
●「なりません」＝いけません＝だめです（不行）
除了「～なければなりません」，也可以用下列方式來表達：
（例）～なければ
なりません
いけません
だめです
（一定要［做］～）
（例）～なくては
なりません
いけません
だめです
（一定要［做］～）

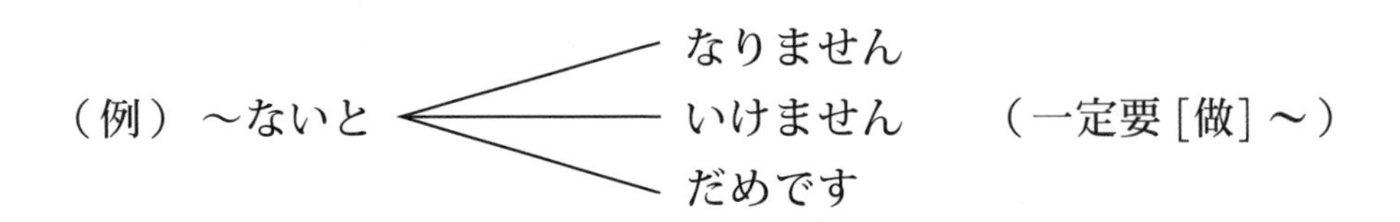

另外，「～ないと…」是表達「自言自語」的說法。

（例）もう22時（じゅうじ）ですね。帰（かえ）らないと…。 帰ります
（已經晚上十點了耶。應該要回去了…。）

非義務・非強制的說法

「～なければなりません」的相反說法是：不用[做]～

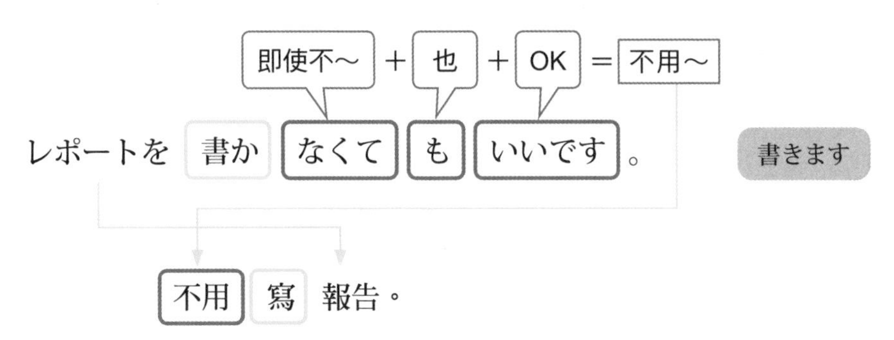

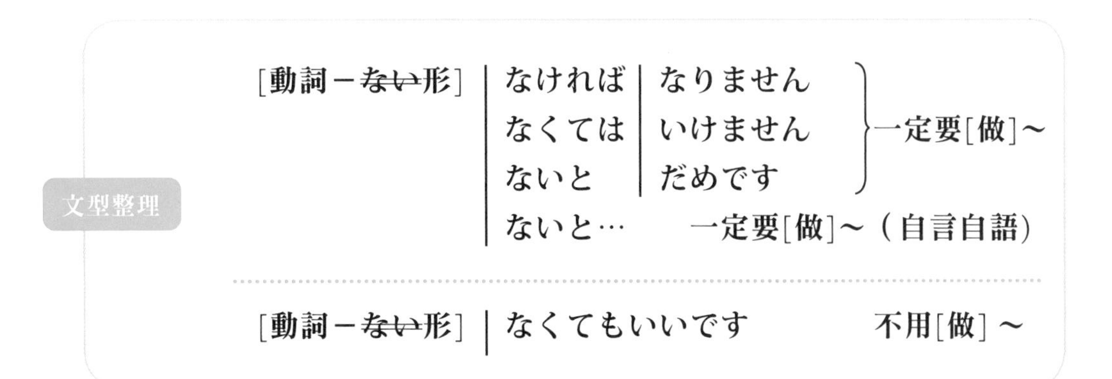

例文

- 働きます 日曜日(にちようび)も働(はたら)かなければなりません。
  も：也（初級本01課）
  （星期天也一定要工作。）
  ～なければなりません 一定要[做]～的說法

- 帰ります あ、もうこんな時間(じかん)？帰(かえ)らないと…。
  こんな：這種
  （啊！已經是這種時間了？應該要回去了…。）
  ～ないと 一定要[做]～（自言自語）的說法

- メモします ここは重要(じゅうよう)じゃありませんから、メモしなくてもいいですよ。
  （因為這個部分不重要，所以不用做筆記唷。）
  ～なくてもいいです 不用[做]～的說法

筆記頁

空白一頁，讓你記錄學習心得，也讓下一頁的「學習目標」，能以跨頁呈現，方便於對照閱讀。

がんばってください。

（請加油！）

學習目標 62 附帶狀況的說法

❸ 朝ご飯を食べないで出かけます。（沒吃早餐就出門。）

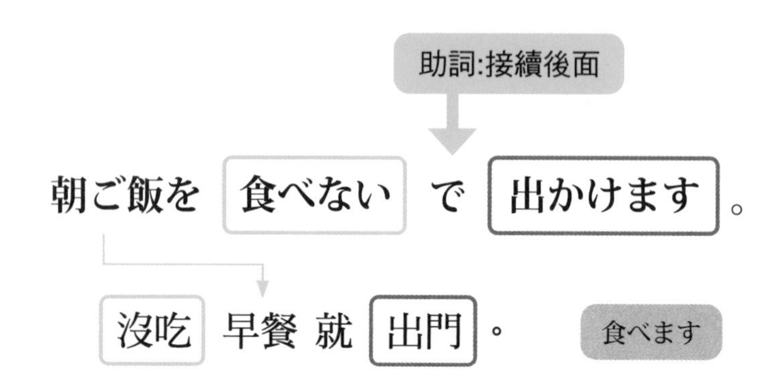

「～ないで、～」的兩種用法

「～ないで、～」有兩種用法：⑴ 附帶狀況。⑵ 代替行為。

附帶狀況：在 A 的附帶狀況下，做 B。

要注意！ 如果「附帶狀況」是「肯定形」，則用「て形」。

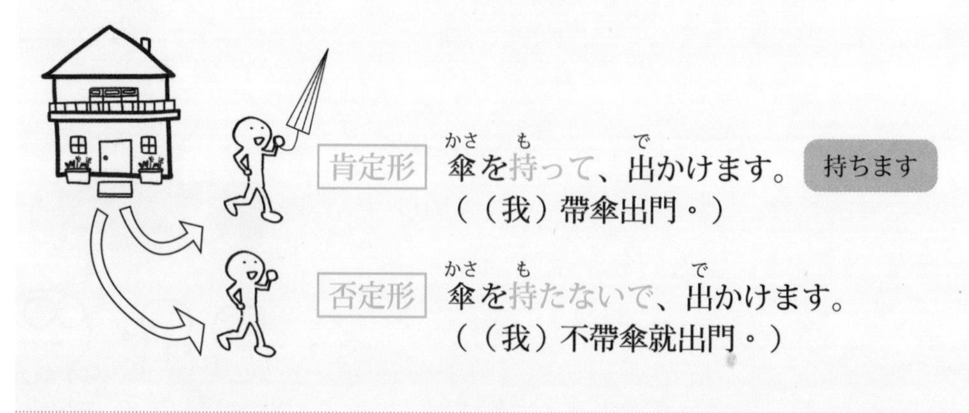

肯定形
傘を持って、出かけます。
持ちます
（（我）帶傘出門。）
否定形
傘を持たないで、出かけます。
（（我）不帶傘就出門。）

代替行為 ：不做原本要做的動作 A ，而做 B 。

（例）買（か）い物（もの）に行（い）かないで、家（いえ）で本（ほん）を読（よ）みます。 行きます

（（我）不去買東西，而是在家看書。）

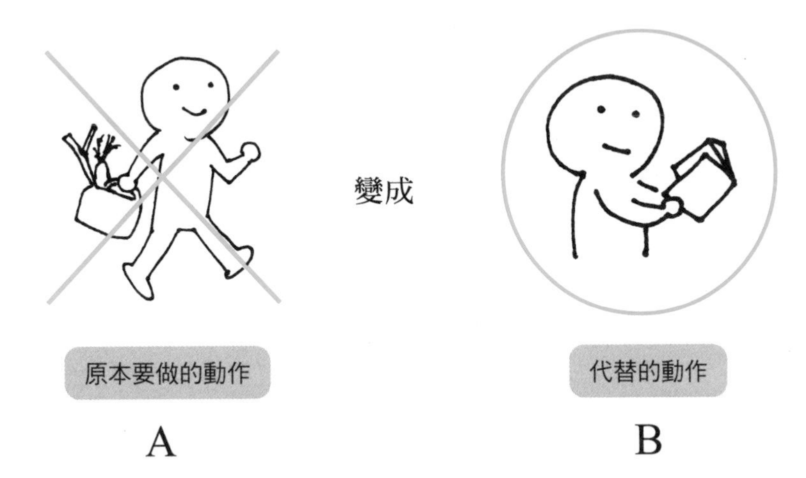

文型整理
A
（B 的附帶狀況）
［動詞－て形］
［動詞－ない形］で
、
B
。
<附帶狀況>
做A，而做B
不做A，而做B
A
（原本要做的）
［動詞－ない形］で
、
B
。
<代替行為>
不做A，而做B

例文

- 勉強します　勉強（べんきょう）しないでテストを受（う）けました。
  テスト：測驗
  （（我）沒唸書就接受了測驗。）
  表示：附帶狀況

- 使います　テストの時（とき）は、ボールペンを使（つか）わないで鉛筆（えんぴつ）で書（か）いてください。
  で：表示：工具・手段（初級本 12 課）
  （測驗的時候，不要用原子筆，請用鉛筆寫。）
  表示：代替行為

- 出かけます　今日（きょう）は雨（あめ）ですね。出（で）かけないで家（いえ）でＤＶＤ（ディーブイディー）を見（み）ませんか。
  （今天下雨耶。我們要不要不出門，改成在家看 DVD？）
  表示：代替行為

筆記頁

空白一頁，讓你記錄學習心得，也讓下一頁的「應用會話」，能以跨頁呈現，方便於對照閱讀。

がんばってください。

（請加油！）

17課 應用會話

王：陳さん、僕、バイトが決まりましたよ。もう先々週からバイト（從上上星期開始）をしています。

陳：へえ、それはよかったですね（那真是太好了耶）。おめでとうございます（恭喜）。どんなバイトですか。

王：中華料理屋*（中華料理餐廳）の仕事です。

陳：王さんは中華料理を作ることができますか。

王：いいえ、できませんよ。私の仕事は厨房の手伝い（幫忙）とレジです。

陳：仕事は大変ですか（辛苦嗎？）。

王：ええ。休日はお客さんが多いですから（因為（初級本07課））、厨房でたくさん食器（餐具）を洗わなければなりません。

陳：そうですか。大変ですね。あまり無理しないでください*（請不要太勉強）ね。勉強も大事ですよ（重要的）。

王（おう）：はい。でも、平日（へいじつ）の昼間（ひるま）はお客（きゃく）さんが少（すく）なくて、暇（ひま）なんです*。

白天　表示：原因　表示：強調

昨日（きのう）は開店（かいてん）してから一時間（いちじかん）お客（きゃく）さんが来（き）ませんでした。

開店之後

そういう時（とき）は何（なに）もしなくてもいいです。

那種時候　什麼都…

陳（ちん）：へえ。何（なに）もしないで給料（きゅうりょう）をもらうことができますか。いいなあ。

領薪水

王（おう）：陳（ちん）さんの仕事（しごと）はどうですか。

陳（ちん）：忙（いそが）しいですけど、やりがいがありますから、毎日充実（まいにちじゅうじつ）しています。

但是　有幹勁

中譯

王：陳小姐，我的打工已經決定好了。已經從上上星期開始打工了。
陳：哦～，那真是太好了耶。恭喜你。是什麼樣的打工呢？
王：是中華料理餐廳的工作。
陳：王先生會做中華料理嗎？
王：不，我不會做唷。我的工作是幫忙廚房和收銀台結帳。
陳：工作很辛苦嗎？
王：對呀，因為假日的時候客人好多。在廚房一定要洗很多餐具。
陳：這樣子啊。真辛苦耶。請不要太勉強喔。唸書也是重要的唷。
王：嗯，但是因為平日的白天客人很少，所以很閒。昨天開店之後一個小時也沒有客人來。那種時候，可以什麼都不用做。
陳：咦？什麼都沒做也可以領薪水啊！真好啊。
王：陳小姐的工作如何呢？
陳：很忙，但因為是有幹勁的工作，每天都很充實。

＊「屋（や）」是接尾辭，接於一般名詞之後，表示販賣該物品的商店或人。例如：

パン屋（や）（麵包店、賣麵包的人）　　薬屋（くすりや）（藥房、賣藥的人）

＊あまり～ないでください。（不要太～、不要過於做～）

あまり期待（きたい）しないでください。（不要過於期待。）

＊「～んです」是表示「強調、加強說明」的用語。例如：

先週（せんしゅう）子供（こども）が生（う）まれたんです。（上星期小孩出生了。）

強調、或說明「上星期小孩出生了」這件事。

筆記頁

空白一頁，讓你記錄學習心得，也讓下一頁的「關連語句」，能以跨頁呈現，方便於對照閱讀。

がんばってください。

（請加油！）

17課 關連語句

詢問可不可以抽菸

A：タバコを吸（す）ってもいいですか。

B：ここでは吸（す）わないでください。あちらに喫煙室（きつえんしつ）がありますから。

表示：區別（初級本 05 課）　表示：存在位置（初級本 07 課）

A：可以抽菸嗎？
B：請不要在這裡抽菸，因為那邊有吸菸室。

婉拒對方的邀請

A：今晩（こんばん）、一緒（いっしょ）に映画（えいが）を見（み）に行（い）きませんか。

一緒に：一起

表示：目的（初級本 12 課）

B：すみません、今日（きょう）は残業（ざんぎょう）しなければなりませんから。

A：そうですか。残念（ざんねん）ですね。

残念ですね：可惜耶

A：今晚要不要一起去看電影？
B：不好意思，因為今天一定要加班。
A：這樣子啊。很可惜耶。

提醒對方今天有世界盃決賽

A：今日（きょう）はワールドカップの決勝戦（けっしょうせん）がありますよ。

ワールドカップ：世界盃　決勝戦：決賽

B：そうですね。ぜひ見（み）ないと。

ぜひ：一定

A：今天有世界盃的決賽唷。
B：對呀。我一定要看。

說明明天可以不用來

A：明日（あした）も来（こ）なければなりませんか。
表示：疑問（初級本 01 課）

B：いいえ、明日（あした）は来（こ）なくてもいいです。
表示：區別（初級本 05 課）

A：明天也是一定要來嗎？
B：不，明天不用來。

勸導別人不應該那樣做

A：明日（あした）は宿題（しゅくだい）をしないで学校（がっこう）へ行（い）きます。
表示：區別（初級本 05 課）

B：それはいけませんよ。

A：我明天不寫功課就去上學。
B：那樣是不行的唷！

說明如何使用獎金

A：昨日（きのう）ボーナスをもらいました。
ボーナス：獎金

B：そうですか。何（なに）を買（か）いますか。

A：ボーナスは使（つか）わないで貯金（ちょきん）します。
貯金します：存錢

A：昨天拿到了獎金。
B：這樣子啊，你要買什麼呢？
A：我不會花掉獎金，我要存錢。

第18課

早（はや）く病院（びょういん）に行（い）ったほうがいいですよ。

趕快去醫院比較好唷。

本課單字

語調	發音	漢字・外來語	意義
5	つきあいま⌉す	付き合います	交往
3	いれま⌉す	入れます	倒入
1、5	そ⌉うさしま⌉す	操作します	操作
1、6	も⌉っていきま⌉す	持って行きます	帶去
5	あやまりま⌉す	謝ります	道歉
6	れんしゅうしま⌉す	練習します	練習
2	でま⌉す	出ます	出去
5	そうじしま⌉す	掃除します	打掃
4	かぶりま⌉す	被ります（＊這個字多半用假名表示，較少用漢字）	戴（帽子）
3	かみま⌉す	噛みます	咬
3	あけま⌉す	開けます	打開
3	はきま⌉す	吐きます	吐（氣）
3	はれま⌉す	腫れます	腫
3	ひきま⌉す		罹患（感冒）
4	あそびま⌉す	遊びます	遊玩
0	じょせい	女性	女性
0	おちゃ	お茶	茶
1	じ⌉こ	事故	事故
0	じょうきょう	状況	狀況
0	せつめいしょ	説明書	說明書
3	たいふ⌉う	台風	颱風
0	はつおん	発音	發音

語調	發音	漢字・外來語	意義
1	ゲーム	game	遊戲
0	れんきゅう	連休	連續假期
1	じゅぎょう	授業	授課、上課
0	ぼうし	帽子	帽子
1	ガム	gum	口香糖
2	ねつ	熱	熱度
1	のど	喉	喉嚨
0	くち	口	嘴巴
3	しんこきゅう	深呼吸	深呼吸
0	どにち	土日	週末（星期六和星期日）
1	かなり		相當
1	なんども	何度も	好幾次、再三
1	ワニ*	鰐（＊這個字多半用假名表示，較少用漢字）	鱷魚

＊動物、植物名，就算不是外來語，表記上常用片假名。

招呼用語

＊發音有較多起伏，請聆聽 MP3

發音	意義
どうしましたか	怎麼了
お大事（だいじ）に	請保重身體

18課 學習目標 63 **經驗的說法**

❶ 北海道(ほっかいどう)へ行(い)ったことがあります。
（（我）有去過北海道。）

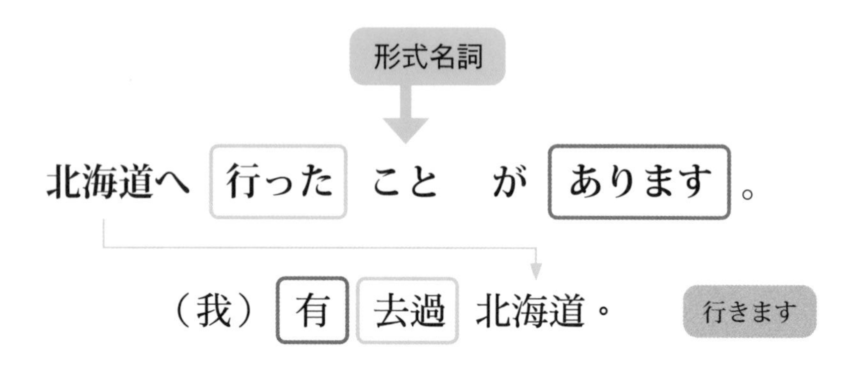

「あります」不需要改成過去式

「～たことがあります」是「在現在的狀態」訴說「曾有～經驗」，是屬於「現在的狀態」。

所以雖然前面是「過去式た形」，但後面還是用「あります」（現在式）就可以了，「あります」不用改成過去式。

例文

● 食べます

わたし　　　　　た
私はワニを食べたことがあります。

ワニ：鱷魚

（我有吃過鱷魚。）

[動詞－た形] ＋ことがあります　有 [做] 過～ 的說法

● 付き合います

いま　　じょせい　つ　あ
今まで、女性と付き合ったことがありません。

今まで：至今　　と：和（初級本 03 課）

（（我）至今沒有和女性交往過。）

[動詞－た形] ＋ことがありません　沒 [做] 過～ 的說法

● 働きます

に ほん　かいしゃ　はたら
日本の会社で働いたことがありますか。

で 表示：動作進行地點（初級本 03 課）

（（你）有在日本的公司工作過嗎？）

[動詞－た形] ＋ことがあります　有 [做] 過～ 的說法

18課 學習目標 64

「按照～」的說法

❷ 先生（せんせい）が言（い）ったとおりに勉強（べんきょう）しています。
（按照老師所說的學習。）

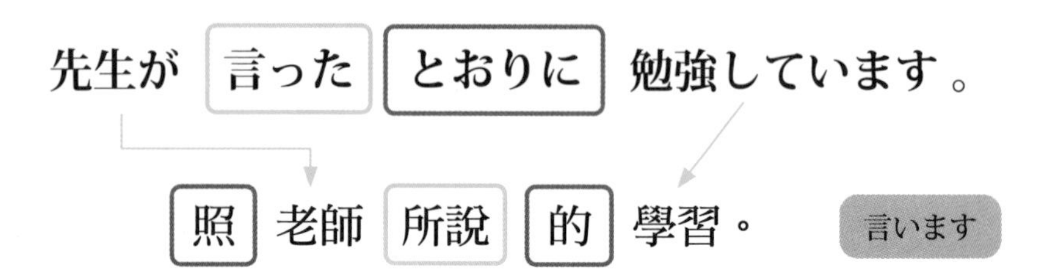

文型整理

A [動詞－辭書形／た形] [名詞＋の] とおりに、～　照 A [做] ～

「た形」和「辭書形」的使用區別

「とおりに」的前面是：已進行的動作

→[動詞－た形]＋とおりに

「とおりに」的前面是：未進行的動作

→[動詞－辭書形]＋とおりに

例文

● 言います
先生(せんせい)の言(い)うとおりにお茶(ちゃ)を入(い)れましょう。
泡茶吧
（按照老師要說的泡茶吧。）
[動詞－辭書形] ＋とおりに　照著將要～的［做］～

● 見ます
事故(じこ)の状況(じょうきょう)を見(み)たとおりに話(はな)してください。
請說明
（請按照（你）看到的事故狀況說明。）
[動詞－た形] ＋とおりに　照著已經～的［做］～

● 説明書
※ 名詞
説明書(せつめいしょ)のとおりに操作(そうさ)してください。
（請按照說明書操作。）
名詞＋の＋とおりに　照著～［做］～

建議的說法

❸ 薬（くすり）を持（も）って行（い）ったほうがいいです。
（把藥帶去比較好。）

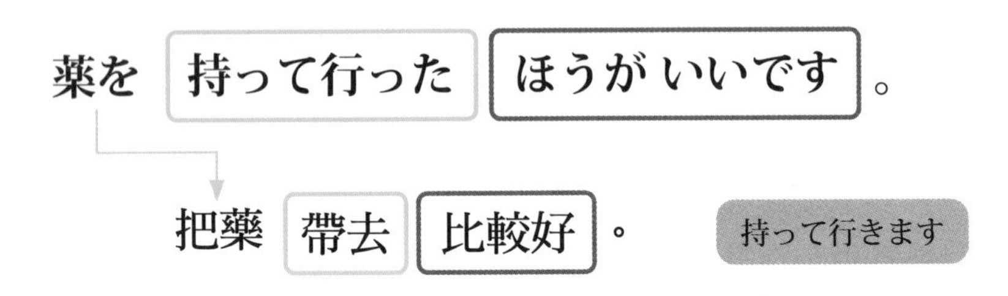
薬を
持って行った
ほうが いいです
。
把藥
帶去
比較好
。
持って行きます

朋友面臨「二選一」的抉擇時，可以利用此文型提出建議。

帶去？
不要帶去？
持（も）って行（い）ったほうがいいです！
（帶去比較好。）

要注意！

肯定說法：可以用「辭書形」和「た」形

如果「～ほうがいいです」的前面是肯定說法，用「動詞－た形」或「動詞－辭書形」皆可。

文型整理

[動詞－辭書形／た形]	ほうが いいです	[做]～比較好
[動詞－ない形]		不要[做]～比較好

例文

- 謝ります　あなたから謝ったほうがいいですよ。
  から：由（初級本 03 課）
  （由你道歉比較好唷。）
  [動詞－た形]＋ほうがいいです

- 出かけます　今、台風が来ていますから、出かけないほうがいいです。
  から：因為（初級本 07 課）
  （因為現在颱風來襲，所以不要出去比較好。）
  [動詞－ない形]＋ほうがいいです

- 練習します　発音は何度も練習するほうがいいです。
  （發音再三練習比較好。）
  [動詞－辭書形]＋ほうがいいです

動作舉例的說法

❹ 休(やす)みの日(ひ)は映画(えいが)を見(み)たり、友達(ともだち)と食事(しょくじ)したりします。
（假日會看看電影，和朋友用餐。）

休みの日は　映画を [見た] り、友達と (一緒に) [食事した] り [します]。

假日 [會] [看看] 電影，和朋友 一起 [用餐]。

見ます　食事します

「～たり、～たりします」的應用

「～たり、～たりします」的「します」，可視內容而改變：

- 「～たり、～たりしたいです」（想要［做］～［做］～ 等等）

（例）旅行(りょこう)したり、買(か)い物(もの)したり したいです。
（（我）想要旅行、買東西等等。）

- 「～たり、～たりしてはいけません」（不可以［做］～［做］～等等）

（例）電車(でんしゃ)でジュースを飲(の)んだり、パンを食(た)べたり してはいけません。
（在電車裡不可以喝果汁、吃麵包等等。）

● 「～たり、～たりしなければなりません」（一定要［做］～［做］～等等）

（例）レポートを書(か)いたり、会議(かいぎ)に出(で)たり しなければなりません。
（一定要寫報告、出席會議等等。）

文型整理

［動詞－た形］り、［動詞－た形］り、します
［做］～，［做］～等等

例文

● 歌います / します
昨日(きのう)のパーティーでは、歌(うた)を歌(うた)ったり、ゲームをしたりしました。
派對＝ party　遊戲＝ game
（在昨天的派對上唱歌、玩遊戲等等。）
～たり、～たり、します ［做］～［做］～等等

● 行きます / 掃除します
次(つぎ)の連休(れんきゅう)は、旅行(りょこう)に行(い)ったり、部屋(へや)を掃除(そうじ)したりしたいです。
表示：目的（初級本 12 課）
（下次的連續假期，（我）想要去旅行、打掃房間等等。）
～たり、～たり、したいです 想［做］～［做］～等等

● かぶります / 噛みます
授業中(じゅぎょうちゅう)は、帽子(ぼうし)をかぶったり、ガムを噛(か)んだりしてはいけません。
口香糖＝ gum
（上課中，不可以戴帽子、嚼口香糖等等。）
～たり、～たり、してはいけません 不可以［做］～［做］～等等

18課

應用會話

佐藤（さとう）：陳（ちん）さん、元気（げんき）がないですね。どうしましたか。

元気がないです：沒有精神

陳（ちん）：ええ。実（じつ）は昨日（きのう）から頭（あたま）が痛（いた）くて、熱（ねつ）もあります。

実は：其實　熱もあります：還有發燒

佐藤（さとう）：それはいけませんね。早（はや）く病院（びょういん）へ行（い）ったほうがいいですよ。

いけません：不行　早く：趕快　へ：表示：方向（初級本 04 課）

陳（ちん）：ええ、そうですが*、仕事（しごと）があって…。

そうですが：是那樣沒錯，但是…

佐藤（さとう）：無理（むり）してはいけませんよ。私（わたし）は以前（いぜん）、ただの風邪（かぜ）が肺炎（はいえん）になって、入院（にゅういん）したことがありますから。

ただ：單純　入院：住院　から：因為（初級本 07 課）

陳（ちん）：そうですね。わかりました。明日（あした）病院（びょういん）へ行（い）ってみます。

そうですね：說得也是　行ってみます：去～看看

医者（いしゃ）：次（つぎ）の方（かた）どうぞ。

次の方：下一位。「方（かた）」是「人（ひと）」的禮貌說法。

陳（ちん）：はい。

医者（いしゃ）：どうしましたか。

陳（ちん）：昨日（きのう）から頭（あたま）が痛（いた）くて、熱（ねつ）もあって、それに喉（のど）も痛（いた）いです。

再加上　也（初級本 01 課）

医者（いしゃ）：ちょっと口（くち）を開（あ）けてください。……はい、いいです。

じゃ、深呼吸（しんこきゅう）してください。はい、吸（す）って…。はい、吐（は）いて…。

吸氣　吐氣

…風邪（かぜ）ですね。お薬（くすり）を出（だ）しますから、一日三回（いちにちさんかい）、食後（しょくご）*に飲（の）んでください。

開藥　飯後

陳（ちん）：はい、わかりました。

医者（いしゃ）：それから喉（のど）がかなり*腫（は）れていますから、タバコを吸（す）ったり辛（から）い物（もの）を食（た）べたりしないでください。

還有　相當　辣的

陳（ちん）：ありがとうございました。

医者（いしゃ）：はい。お大事（だいじ）に。

請保重身體

中譯

佐藤：陳小姐，你沒有精神耶。怎麼了？

陳：嗯，其實我昨天開始頭痛，而且還有發燒。

佐藤：那樣不行喔。趕快去醫院比較好唷。

陳：嗯，是那樣沒錯，但是我還有工作…。

佐藤：不可以勉強唷。因為我以前有過單純的感冒變成肺炎，然後住院的經驗。

陳：說得也是，我知道了。我明天去醫院看看。

醫生：下一位請進。

陳：好的。

醫生：怎麼了？

陳：昨天開始頭痛，而且還有發燒，再加上喉嚨也很痛。

醫生：嘴巴請稍微張開。……嗯，很好。那麼，請深呼吸。好，吸氣…。好，吐氣…。…是感冒喔。（因為）會開藥給你，一天三次，請在飯後服用。

陳：好的，我知道了。

醫生：還有，因為喉嚨相當腫，請不要抽菸或是吃辛辣的食物。

陳：謝謝您。

醫生：嗯，請保重身體。

＊「そうですが」是同意對方講話內容，但還有其他意見想要表達時的用語。例如：

A：東京はにぎやかで便利な街ですね。
（東京是熱鬧又方便的城市耶。）

B：そうですが…。物価が高すぎます。
（是那樣沒錯，但是物價過高。）

＊「食後」（飯後、餐後）⟷「食前」（飯前、餐前）。

● 另外，餐廳服務生在詢問「餐前」或「餐後」上飲料時，會說：

Q
飲み物は、いつお持ちしましょうか。
食後で。
A
ウェイター
（服務生）
お客さん
（顧客）
（飲料要什麼時候上呢？）
（餐後。）

● 回應時除了可以說「食前」、「食後」之外，還可以說：

料理と一緒に。（和料理一起。）

＊かなり～。（相當～。）

かなり疲れています。（相當疲倦。）疲れます

18課 # 關連語句

詢問對方有沒有坐救護車的經驗

A：救急車（きゅうきゅうしゃ）に乗（の）ったことがありますか。
救護車

B：いいえ、ありません。

A：你坐過救護車嗎？
B：不，我沒有（坐過）。

請病人按醫生指示服藥

A：医者（いしゃ）の言（い）うとおりに薬（くすり）を飲（の）んでください。
醫生

B：はい、わかりました。

A：請按照醫生所說的服藥。
B：好的，我知道了。

建議對方感冒應該在家休息

A：風邪（かぜ）をひいてしまいました。
罹患了。「～てしまいました」表示無法挽回的遺憾

B：そうですか。出（で）かけないで家（いえ）で休（やす）んだほうがいいですよ。
不要出門
で 表示：動作進行地點（初級本 03 課）

A：我感冒了。
B：這樣子啊。不要出門在家裡休息比較好唷。

勸誡對方不要過度工作

A：お金(かね)が欲(ほ)しいですから、土日(どにち)も働(はたら)いています。

表示：焦點（初級本 07 課）　週末

B：そんなに無理(むり)をしないほうがいいですよ。

那麼

A：因為我想要錢，所以週末也工作。
B：不要那麼勉強比較好唷。

詢問昨天做了哪些事情

A：昨日(きのう)は何(なに)をしましたか。

B：散歩(さんぽ)したり、友達(ともだち)と買(か)い物(もの)に行(い)ったりしました。

表示：目的（初級本 12 課）

A：你昨天做了什麼呢？
B：我去散步，和朋友去買東西等等。

說明週末想要做哪些事情

A：週末(しゅうまつ)は何(なに)をしますか。

B：子供(こども)と遊(あそ)んだり、DVD(ディーブイディー)を見(み)たりしたいです。

和（初級本 03 課）

A：你週末要做什麼呢？
B：我想要和小孩玩，看 DVD 等等。

第19課

東京（とうきょう）で仕事（しごと）を探（さが）そうと思（おも）っています。

（我）打算在東京找工作。

本課單字

語調	發音	漢字・外來語	意義
4	さがします	探します	尋找
4	おもいます	思います	想、認為
5	かいかえます	買い換えます	買新的代替目前使用的
3	やめます	辞めます	請辭
3	うります	売ります	賣
5	さんかします	参加します	參加
5	てつだいます	手伝います	幫忙
4	いかします	生かします	活用
4	つづけます	続けます	繼續
3	とります	取ります	取得
3	うけます	受けます	接受
4	あたらしい	新しい	新的
4	すばらしい	素晴らしい（＊這個字多半用假名表示，較少用漢字）	極好的、了不起的
0	きゅう	急	突然的
1	しょうらい	将来	將來
0	じぶん	自分	自己
2	みせ	店	商店
0	しゅっちょう	出張	出差
0	よてい	予定	預定
0	じっか	実家	老家、娘家
0	とち	土地	土地
3	どうそうかい	同窓会	同學會

語調	發音	漢字・外來語	意義
1	つ˥ま	妻	妻子
0	にんしん	妊娠	懷孕
0	しゅっさん	出産	生產
0	よこ	横	旁邊
0	しかく	資格	資格、證照
4	たんきりゅ˥うがく	短期留学	短期遊學
0	デジカメ	digital camera	數位相機
0	さいしん	最新	最新
★	～かんけい	～関係	～關係
★	に、さん～	２、３～	２、３～
0	なかなか		不容易…（後面接續動詞可能形的否定形）
1	だ˥から		所以
9	にほんごのうりょくし˥けん	日本語能力試験	日本語能力試驗
5	みつびししょ˥うじ	三菱商事	日本三菱商事公司

招呼用語　＊發音有較多起伏，請聆聽 MP3

發音	意義
おめでとうございます	恭喜
はい、チーズ	來，笑一個

學習目標 67 「打算～」的說法①

❶ 新(あたら)しいパソコンを買(か)おうと思(おも)っています。
（（我）打算買新的個人電腦。）

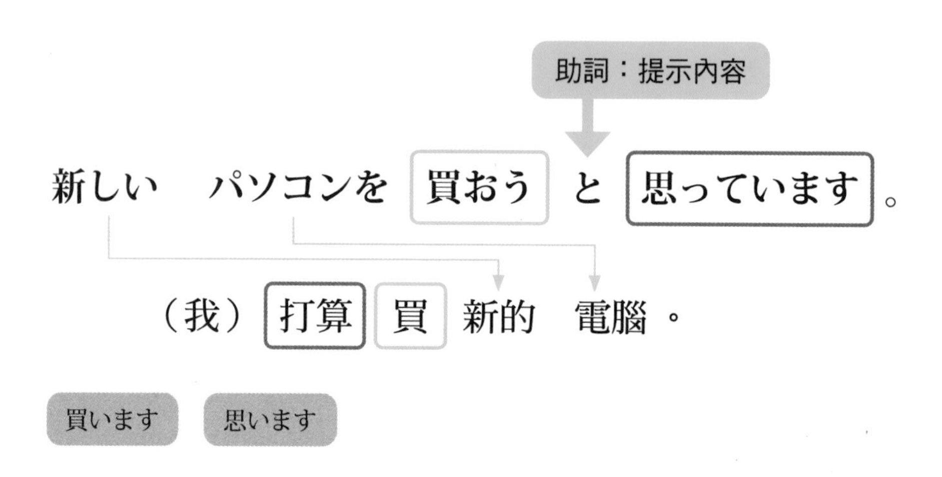

助詞：提示內容
新しい　パソコンを　買おう　と　思っています。
（我）打算　買　新的　電腦。
買います
思います

要注意！ 比較：「と思っています」和「と思います」

- 「～と思(おも)っています」：目前的打算
- 「～と思(おも)います」：當場覺得這麼打算
- 「～とは思(おも)いません」：並不會想要去［做］～

文型整理　［動詞－意向形］｜と 思(おも)っています　打算［做］～

例文

● 短期留学します
夏休(なつやす)みに日本(にほん)へ短期留学(たんきりゅうがく)しようと思(おも)っています。
暑假　表示：方向（初級本 04 課）

（（我）打算暑假去日本短期遊學。）

[動詞－意向形] ＋と思っています　打算 [做] ～ 的說法

● 買います
結婚(けっこん)してから家(いえ)を買(か)おうと思(おも)っています。
結婚之後

（（我）打算結婚之後買房子。）

[動詞－意向形] ＋と思っています　打算 [做] ～ 的說法

● 買い換えます
次(つぎ)のボーナスで車(くるま)を買(か)い換(か)えようと思(おも)っています。
表示：工具・手段（初級本 12 課）

（（我）打算用下次的獎金買新車。）

[動詞－意向形] ＋と思っています　打算 [做] ～ 的說法

「買(か)い換(か)えます」的意思是「買新的代替目前所使用的」。

學習目標 68 「打算～」的說法②

❷ 将来（しょうらい）、自分（じぶん）の店（みせ）を持（も）つつもりです。
（將來，（我）打算擁有自己的店。）

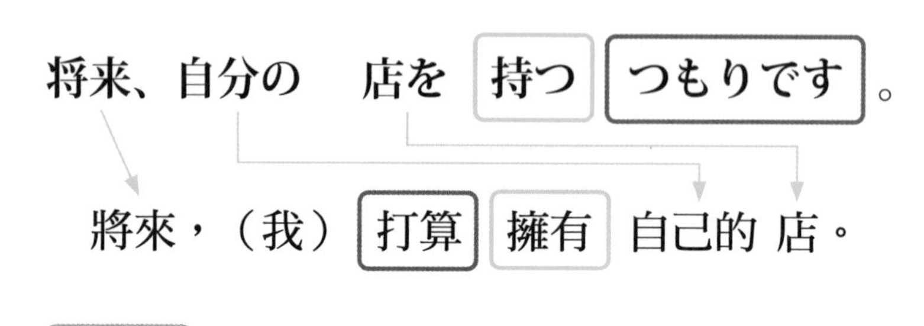

持ちます

「つもり」的否定說法

這個文型的否定表達有兩種說法：

● **肯定表達：**

（例） 正月（しょうがつ）に実家（じっか）へ 帰（かえ）る つもりです。
（（我）打算新年的時候回老家。）

● **否定表達：**

（說法1） 正月（しょうがつ）に実家（じっか）へ 帰（かえ）らない つもりです。
（（我）打算新年的時候不要回老家。）

表示：考慮之後，決定不要回去。

（說法2） 正月（しょうがつ）に実家（じっか）へ 帰（かえ）る つもりはありません。
（（我）並沒有打算新年的時候要回老家。）

表示：連想都沒想過要不要回去。這個文型的否定意念比較強。

文型整理

[動詞－辭書形]	つもりです	打算[做]～
[動詞－ない形]		打算不要[做]～
[動詞－辭書形]	つもりは ありません	並沒有打算[做]～

例文

● やめます 来年（らいねん）、私（わたし）は仕事（しごと）をやめるつもりです。
来年：明年
（明年，我打算辭掉工作。）
[動詞－辭書形] つもりです　打算［做］～ 的說法

● 帰ります 今年（ことし）の正月（しょうがつ）は実家（じっか）へ帰（かえ）らないつもりです。
実家：老家
（（我）打算今年的新年不要回老家。）
[動詞－ない形] つもりです　打算不要［做］～ 的說法

● 売ります この土地（とち）は誰（だれ）にも売（う）るつもりはありません。
誰にも：對任何人也…。後面接續否定表現
（這塊土地，（我）並沒有打算要賣給任何人。）
[動詞－辭書形] つもりはありません　並沒有打算［做］～ 的說法

19課 學習目標 69 「預定～」的說法

❸ 来週(らいしゅう)、出張(しゅっちょう)の予定(よてい)です。
（下禮拜，預定要出差。）

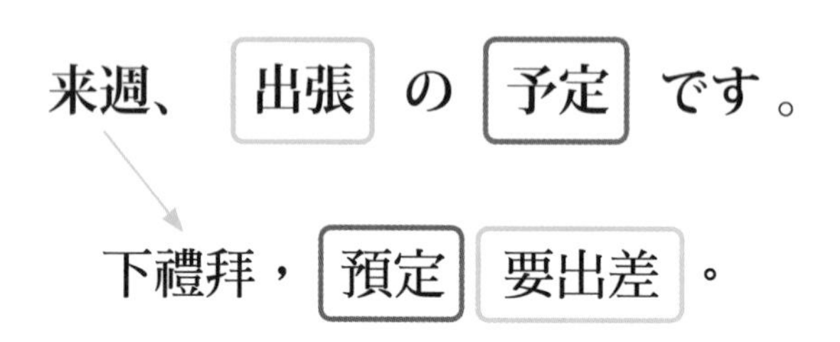

来週、
出張
の
予定
です。
下禮拜，
預定
要出差
。

比較：這幾個意思非常類似的說法

說法	實現度
行(い)きます	高 …確定要去
行(い)く予定(よてい)です	…預定（客觀的狀況）
行(い)くつもりです	…有打算（主觀的狀況）
行(い)こうと思(おも)っています	…有這個念頭
行(い)きたいです	低 …只是想而已

文型整理

[動詞－辭書形] / [名詞] の ｜ 予定(よてい)です　預定[做]～

例文

● 参加します
週末(しゅうまつ)は、同窓会(どうそうかい)に参加(さんか)する予定(よてい)です。
同窓会：同學會
（（我）預定週末參加同學會。）
[動詞－辭書形] ＋予定です　預定 [做] ～ 的說法

● 出発
明日(あした)、朝(あさ) 5 時(ごじ)に出発(しゅっぱつ)の予定(よてい)です。
に 表示：動作進行時點（初級本 03 課）
（（我）預定明天早上五點出發。）
[名詞] ＋の＋予定です　預定 [做] ～ 的說法

● 予定
※ 名詞
週末(しゅうまつ)は何(なに)か予定(よてい)がありますか。
「何か」是「某事物」的意思，不確定對方是否有沒有什麼預定時，可以用「何か」來提問。
（週末有什麼計劃嗎？）
此句為「予定」（預定、安排、計劃）作為名詞的用法

19課 應用會話

高橋（たかはし）：王（おう）さんは卒業（そつぎょう）してから、何（なに）をしますか。

畢業之後

王（おう）：私（わたし）は国（くに）へ帰（かえ）って家（いえ）の仕事（しごと）を手伝（てつだ）うつもりです。

高橋（たかはし）：そうですか。田中（たなか）さんは？

田中（たなか）：私（わたし）は東京（とうきょう）で仕事（しごと）を探（さが）そうと思（おも）っています。

表示：動作進行地點（初級本 03 課）

高橋（たかはし）：どんな仕事（しごと）をしてみたいですか。

什麼樣的　想做…看看

田中（たなか）：英語（えいご）と中国語（ちゅうごくご）を生（い）かして、貿易関係（ぼうえきかんけい）の仕事（しごと）をしたいです。

和（初級本 07 課）　活用

高橋（たかはし）：いいですね。私（わたし）は英語（えいご）は少（すこ）ししか話（はな）せませんから…。

只會說一點點

王（おう）：高橋（たかはし）さんは今（いま）の仕事（しごと）をこれからも続（つづ）けますか。

今後

高橋（たかはし）：うーん、実（じつ）はこの仕事（しごと）、急（きゅう）な出張（しゅっちょう）が多（おお）くて…。先週（せんしゅう）は北海道（ほっかいどう）へ出張（しゅっちょう）しました。来週（らいしゅう）は大阪（おおさか）へ出張（しゅっちょう）の予定（よてい）です。だから、なかなか*家族（かぞく）と一緒（いっしょ）にいられません。でも、今（いま）、妻（つま）は妊娠（にんしん）していて、この仕事（しごと）も給料（きゅうりょう）がいいですから、あと2、3年（にさんねん）*は辞（や）めないつもりです。

突然的　所以　不容易…後面接續動詞可能形的否定形　懷孕中　再過 2、3 年

王（おう）：それはおめでとうございます。出産（しゅっさん）はいつですか。
出産：生産

高橋（たかはし）：今年（ことし）の１０月（じゅうがつ）の予定（よてい）です。赤（あか）ちゃんの写真（しゃしん）をたくさん撮（と）ろうと思（おも）って、このデジカメを買（か）いました。
赤ちゃん：嬰兒
デジカメ：數位相機

田中（たなか）：わあ、最新（さいしん）のですね。ちょっと私（わたし）たちを撮（と）ってくださいよ。
の：表示前面提到的名詞：デジカメ

高橋（たかはし）：いいですよ。じゃ、撮（と）りますよ。王（おう）さんも田中（たなか）さんの横（よこ）に来（き）てください。撮（と）りますよー、はい、チーズ*。
撮りますよ：要拍囉
横：旁邊
はい、チーズ：來，笑一個

中譯

高橋：王先生畢業之後要做什麼呢？
王：我打算回國，然後幫忙家裡的工作。
高橋：這樣子啊。田中小姐呢？
田中：我打算在東京找工作。
高橋：你想做看看什麼樣的工作呢？
田中：我想做能活用英文和中文的貿易相關工作。
高橋：不錯耶。因為我只會說一點點英文…。
王：高橋先生今後也要繼續現在的工作嗎？
高橋：嗯…其實這個工作突然出差的情形很多…。上週去北海道出差。下週預定要去大阪出差。所以不容易和家人聚在一起。但是因為現在太太懷孕中，這個工作的薪水也很好，所以再2、3年我不會辭掉工作。
王：那真是恭喜你了。什麼時候要生呢？
高橋：預定今年10月。因為我打算拍很多嬰兒的照片，所以買了這台數位相機。
田中：哇！最新款的數位相機耶。請幫我們拍一下嘛。
高橋：好啊。那麼我要拍囉。請王先生也來田中小姐的旁邊。要拍囉～來，笑一個！

＊「なかなか＋動詞可能形的否定形」是「不容易～、很難～」。例如：

● 最近（さいきん）なかなか眠（ねむ）れません。（最近很難入眠。）

眠ります（ます形）→眠れます（動詞可能形）→眠れません（動詞可能形的否定形）

其他用法還有：

● 「なかなか＋否定表現」（怎麼也不～）：

バスがなかなか来（き）ません。（公車怎麼也不來。） 来ます

● 「なかなか＋肯定表現」（相當～）：

この映画（えいが）はなかなか面白（おもしろ）いです。（這部電影相當有趣。）

＊あと～（時間詞）。（再過～、～之後。）

あと四日（よっか）。（再過四天。）

＊「はい、チーズ」是拍照時請對方微笑的用語。因為說「チーズ」時，發「チー」這個長音會帶動嘴角，讓嘴形呈現微笑的樣子。類似的說法還有：

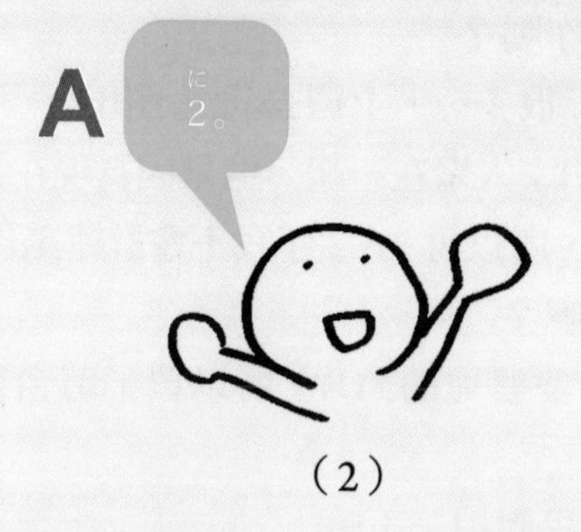

（2）

（1加1等於多少？）

＊「2」的發音為「ni」，會帶動嘴角呈現微笑的樣子。

筆記頁

空白一頁，讓你記錄學習心得，也讓下一頁的「關連語句」，能以跨頁呈現，方便於對照閱讀。

がんばってください。

（請加油！）

19課 關連語句

對對方的規劃表示欽佩

A：将来自分の会社を作ろうと思っています。

自分：自己

B：それはすばらしいですね。

すばらしい：了不起的

A：我將來打算成立自己的公司。

B：那真是太了不起了。

詢問進入大學後的計劃

A：大学に入ったら、どんなことをしたいですか。

入ったら：進入之後

B：いろいろな資格を取るつもりです。

資格：證照

A：進入大學之後，你想做什麼樣的事呢？

B：我打算取得各式各樣的證照。

詢問是否參加考試

A：日本語能力試験を受けますか。

受けます：應（考）

B：今年は受けないつもりです。

A：你要考日本語能力試驗嗎？

B：今年我打算不考。

說明並沒有辭職的打算

A：仕事を辞めたいですか。

B：いいえ、今の仕事を辞めるつもりはありません。

今：現在

A：你想辭掉工作嗎？

B：不，我並沒有打算要辭掉現在的工作。

詢問今天的行程規劃

A：今日(きょう)の予定(よてい)は何(なん)ですか。

B：朝(あさ)は三菱商事(みつびししょうじ)の人(ひと)と会(あ)う予定(よてい)です。

と：和。「と」在此是表示「相互動作的對方」的助詞

A：午後(ごご)は？

B：午後(ごご)は特(とく)に予定(よてい)はありません。

特に：特別

A：今天的預定行程是什麼？

B：預定早上和三菱商事的人見面。

A：下午呢？

B：下午沒有特別預定的行程。

第20課

運動(うんどう)を始(はじ)めてから、よく寝(ね)られるようになりました。

開始運動之後，變得能睡得好。

本課單字

語調	發音	漢字・外來語	意義
3	みえます	見えます	看得見
4	きこえます	聞こえます	聽得到
4	ころびます	転びます	摔倒
3	つけます	付けます	設置
5	ひっこします	引っ越します	搬家
2	せまい	狭い	狹窄的
2	ちかい	近い	近的
0	たいせつ	大切	重要的
4	ロマンチック	romantic	浪漫的
0	うんどう	運動	運動
0	ざんぎょう	残業	加班
0	しんぶん	新聞	報紙
1	まいあさ	毎朝	每天早上
1	ドラマ	drama	戲劇
0	ばんぐみ	番組	節目
2	しゃかいじん	社会人	社會人士
2	なみ	波	波浪
2	おと	音	聲音
1	りょう	寮	宿舍
1	みどり	緑	自然、綠意
0	じ	字	字
2	ちかく	近く	附近
0	からだ	体	身體

語調	發音	漢字・外來語	意義
0	ちょうし	調子	狀況
1	いぜん	以前	以前
1	～いじょう	～以上	～以上
0	ベランダ	veranda	陽台
3	ワンルーム	one-room（＋mansion）	含衛浴、廚房只有一室的套房
3	エレベーター	elevator	電梯
3	てすり	手すり	扶手
5	けんこうかんり	健康管理	健康管理
0	なるべく		盡可能
1	ふじさん	富士山	富士山
0	ちゅうごくご	中国語	中文
0	かんこくご	韓国語	韓文
	NHK		日本NHK電視台

招呼用語

＊發音有較多起伏，請聆聽 MP3

發音	意義
ふーん	哦～

表現文型

＊發音有較多起伏，請聆聽 MP3

發音	意義
いいなあ	真好啊！

20課 學習目標 70 # 能力的說法②

❶ 私(わたし)は韓国語(かんこくご)が話(はな)せます。（我會說韓文。）

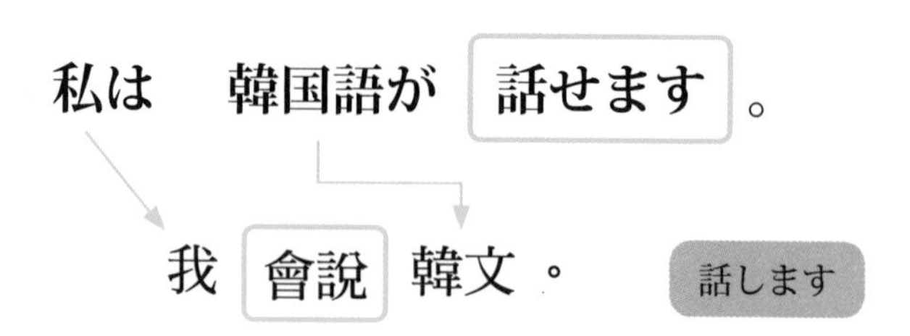

「動詞－可能形」和「知覺動詞」的差異

要將「可能形」和「知覺動詞」（見(み)えます・聞(き)こえます）分辨清楚。

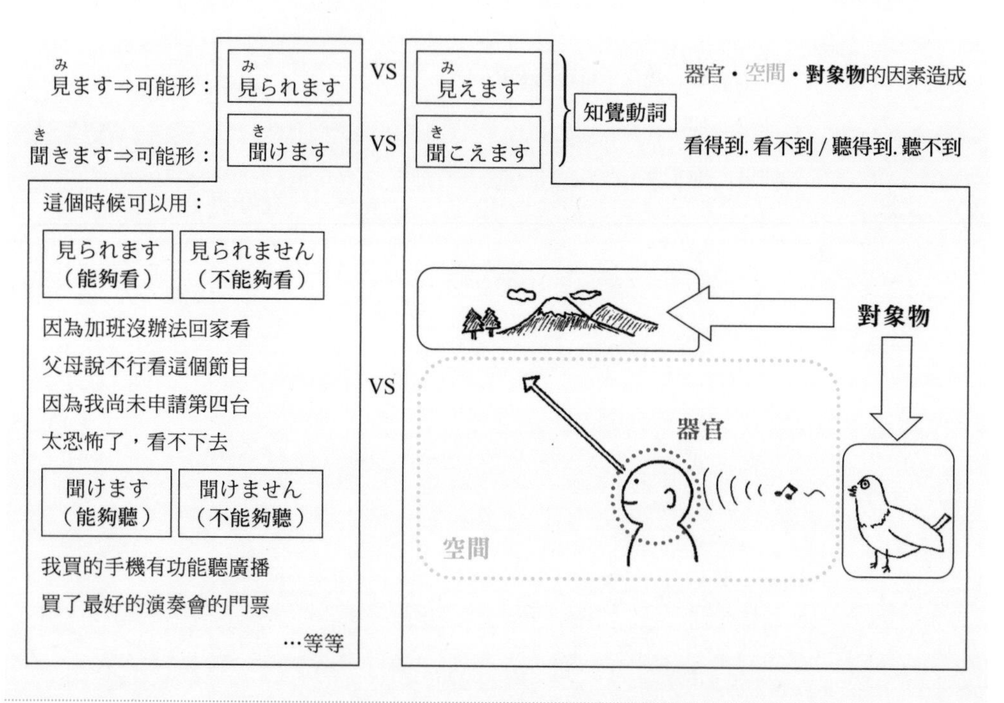

見(み)ます⇒可能形：
見(み)られます
VS
見(み)えます
聞(き)きます⇒可能形：
聞(き)けます
VS
聞(き)こえます
知覺動詞
器官・空間・對象物的因素造成
看得到. 看不到 / 聽得到. 聽不到
這個時候可以用：
見られます（能夠看）
見られません（不能夠看）
因為加班沒辦法回家看
父母說不行看這個節目
因為我尚未申請第四台
太恐怖了，看不下去
聞けます（能夠聽）
聞けません（不能夠聽）
我買的手機有功能聽廣播
買了最好的演奏會的門票
…等等
VS
對象物
器官
空間

「可能形」衍伸出來的動詞變化

「可能形」還會有「辭書形」「ない形」「た形」之類的動詞變化。

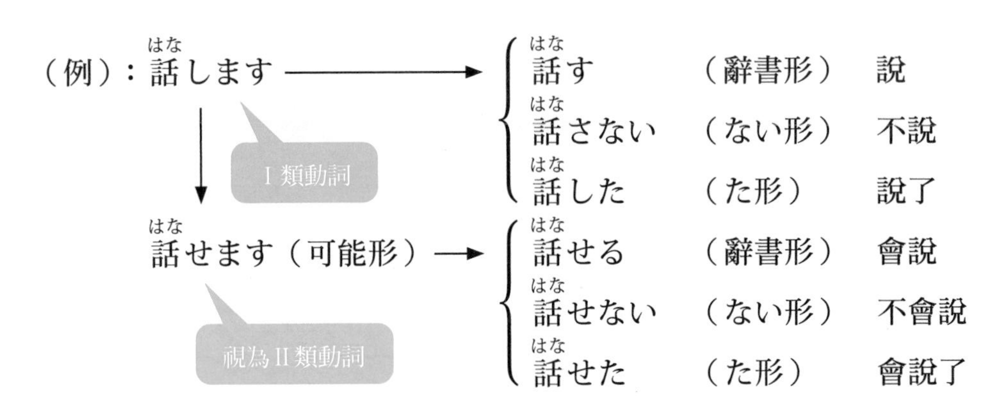

例文

● 食べます　私(わたし)は納豆(なっとう)が食(た)べられません。

（我不敢吃納豆。）

可能形的用法

● 見えます　うちのベランダから富士山(ふじさん)が見(み)えます。

から：從（初級本 03 課）

（從家裡的陽台看得到富士山。）

知覺動詞的用法

● 見ます　今日(きょう)は残業(ざんぎょう)ですから、20時(はちじ)からのテレビドラマが見(み)られません。

から：因為（初級本 07 課）　テレビドラマ：電視劇

（因為今天要加班，所以無法看到從晚上八點開始的電視劇。）

可能形的用法

學習目標 71 變化的說法②

❷ 最近、日本の新聞が読めるようになりました。
（最近（我）已經能夠閱讀日本的報紙。）

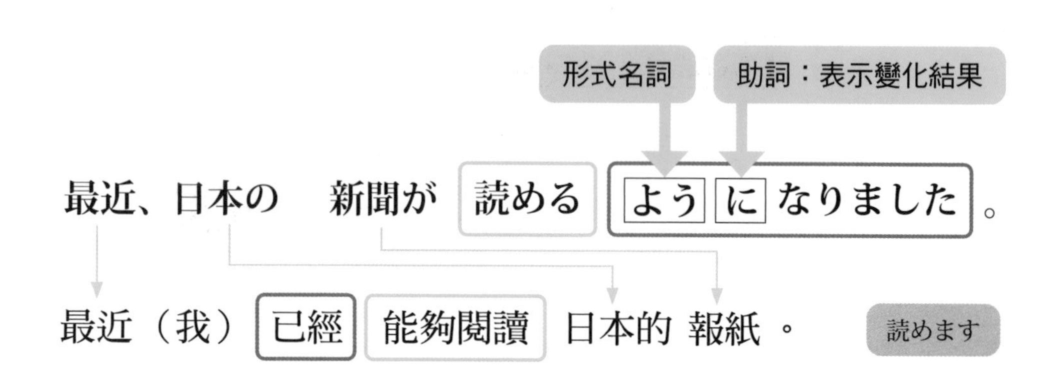
形式名詞
助詞：表示變化結果
最近、日本の 新聞が 読める ように なりました。
最近（我） 已經 能夠閱讀 日本的 報紙。
読めます

要注意！

[動詞] 接續「なります」的用法

「なります」的用法曾經在〔第16課〕介紹過，在此補充[動詞]接續「なります」的用法。

文型整理

[動詞－※辭書形] ように	なります	變成～
[動詞－※ない形] く		變成不～

※這是用來表示「變化」的文型

若動詞「是」可能形：表示「能力」的變化

若動詞「非」可能形：表示「習慣・行為」的變化

例文

- 読みます 社会人（しゃかいじん）になってから、新聞（しんぶん）を読（よ）むようになりました。
  なってから：成為…之後
  （成為社會人士後，（我）變得有讀報紙的習慣了。）
  「読む」非「可能形」→表示：習慣・行為的變化

- 使えます 最近（さいきん）、祖父（そふ）もパソコンが使（つか）えるようになりました。
  も：也（初級本 01 課）
  （最近爺爺也已經能使用個人電腦了。）
  「使える」是「可能形」→表示：能力的變化

- 話せます 勉強（べんきょう）しませんでしたから、英語（えいご）が話（はな）せなくなりました。
  が：表示：焦點（初級本 07 課）
  （因為沒唸書，（我）英文變得不會說了。）
  「話せない」是「可能形」→表示：能力的變化

「話せる」（可能形的肯定形），「話せない」（可能形的否定形）
「話せな~~い~~く」＋「なります」→ 話せなくなります（現在形）
→ 話せなくなりました（過去形）

「儘量～」的說法

❸ 毎朝（まいあさ）、日本（にほん）のニュースを見（み）るようにしています。
（（我）每天早上（儘量）看日本的新聞。）

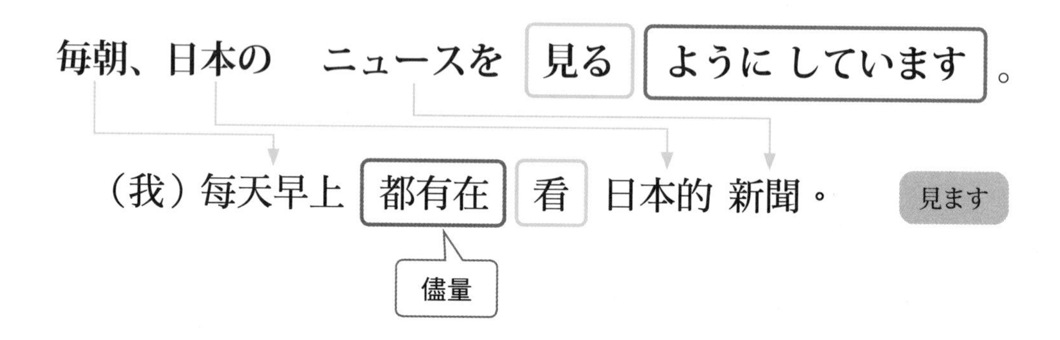

毎朝、日本の ニュースを 見る ようにしています。
（我）每天早上 都有在 看 日本的 新聞。
見ます
儘量

文型整理

[動詞－辭書形／ない形] ようにして	います	（儘量）有在[做]～
	ください	（儘量）請[做]～

要注意！ 「～ようにしてください」的用法

「～ようにしてください」（儘量請[做]～）是比較婉轉的要求說法。但是不能用於「當場要求某一個一次性的動作」。例如：

× これをコピーするようにしてください。

「要對方影印」是「當場進行的一次性動作」，不可以用「～ようにしてください」。

○ よく運動（うんどう）するようにしてください。（請儘量運動。）

「要對方運動」是「今後多次的動作」，可以用「～ようにしてください」。

例文

- 食べます　野菜(やさい)をたくさん食(た)べるようにしています。

  たくさん：很多

  （（我）儘量有在吃很多蔬菜。）

  [動詞－辭書形] ＋ようにしています　儘量有在 [做] ～ 的說法

- 使います　エレベーターは使(つか)わないようにしています。

  エレベーター：電梯

  （（我）儘量有在不使用電梯。）

  [動詞－ない形] ＋ようにしています　儘量有在 [做] 不～ 的說法

- 飲みます　なるべくお酒(さけ)は飲(の)まないようにしてください。

  なるべく：盡可能

  （請盡可能地儘量不要喝酒。）

  [動詞－ない形] ＋ようにしてください　請儘量 [做] 不～ 的說法

20課 應用會話

陳(ちん)：わあ。きれいなお部屋(へや)ですね。あ、海(うみ)が見(み)えますね。
お：表示禮貌的接頭辭

鈴木(すずき)：ええ。夜(よる)は波(なみ)の音(おと)*も聞(き)こえますよ。
波の音：海浪的聲音

陳(ちん)：へえ、ロマンチックですね。これは何(なん)ですか。
ロマンチック：浪漫

鈴木(すずき)：手(て)すりですよ。祖母(そぼ)がよくうちへ来(き)ますから、
手すり：扶手　よく：經常　へ：表示：方向（初級本04課）

転(ころ)ばないように付(つ)けました*。
轉ばないように付けました：為了不要跌倒而設置的

陳(ちん)：ふーん、いいですね。私(わたし)もこんな部屋(へや)に住(す)みたいです。
こんな：這樣的　に：表示：動作歸著點

鈴木(すずき)：陳(ちん)さんはどんな家(いえ)に住(す)んでいますか。

陳(ちん)：会社(かいしゃ)の寮(りょう)のワンルームです。ちょっと狭(せま)いですが、
寮：宿舍　狭いです：狹窄的　が：雖然（初級本06課）

会社(かいしゃ)に近(ちか)くて便利(べんり)です。歩(ある)いて10分(じゅっぷん)で行(い)けます。
に：表示：接觸點　歩いて：走路　で：表示：所需時間

鈴木(すずき)：それはいいですね。私(わたし)は会社(かいしゃ)まで電車(でんしゃ)で1時間以上(いちじかんいじょう)
まで：到　で：表示：交通工具（初級本04課）

かかりますから、毎日(まいにち)早(はや)く起(お)きなければなりません。
早く：早一點

陳(ちん)：以前(いぜん)の家(いえ)のほうが会社(かいしゃ)に近(ちか)かったですよね。
よね：「提醒＋要求同意」的語氣

どうして*引(ひ)っ越(こ)しましたか。
どうして：為什麼　引っ越し：搬家

鈴木（すずき）：緑（みどり）が多（おお）いところが好（す）きですから。この近（ちか）くには大（おお）きい公園（こうえん）もありますよ。

緑意　　表示：存在位置（初級本 07 課）

陳（ちん）：へえ、いいなあ。

鈴木（すずき）：最近（さいきん）は朝（あさ）、その公園（こうえん）でジョギングをするようにしています。

表示：動作進行地點（初級本 03 課）

運動（うんどう）を始（はじ）めてから よく寝（ね）られるようになりました。

開始之後　　變得能睡得好

陳（ちん）：やはり社会人（しゃかいじん）は健康管理（けんこうかんり）が大切（たいせつ）ですね。

果然　　重要的

中譯

陳：哇！好漂亮的房間耶。啊！看得到海耶！

鈴木：對啊，晚上還聽得到海浪的聲音唷！

陳：哦～很浪漫耶！那是什麼呢？

鈴木：是扶手唷！因為奶奶會經常來家裡，為了避免跌倒而設置的。

陳：哦～。不錯耶。我也想住這樣的房間。

鈴木：陳小姐，你住什麼樣的房子呢？

陳：是公司宿舍的套房。雖然有點狹小，但是離公司很近，而且方便。走路10分鐘就可以抵達。

鈴木：那樣不錯耶！因為我到公司搭電車要花1個小時以上，每天都一定要早起。

陳：你以前的家離公司比較近對吧？為什麼搬家呢？

鈴木：因為我喜歡綠意很多的地方。這附近還有很大的公園唷！

陳：哦～真好啊！

鈴木：我最近早上都儘量在公園跑步。開始運動之後，變得能睡得好。

陳：果然社會人士在健康管理方面是很重要的耶。

＊「音」是指「非生物、物品發出的聲音」。相似的詞彙是：

● 声（人或動物用聲帶發出來的聲音）

猫の鳴く声（貓的鳴叫聲）

＊「～ないように～」是「為了不要～而做～」的意思。例如：

風邪を引かないように水をたくさん飲みました。

風邪を引きます　飲みます

（為了不要感冒，喝了很多水。）

太らないように毎朝ジョギングしています。

太ります　ジョギングします

（為了不要變胖，我習慣每天早上跑步。）

＊「どうして」（為什麼），用來詢問原因、理由。例如：

どうして泣いていますか。

泣きます

（為什麼在哭呢？）

筆記頁

空白一頁，讓你記錄學習心得，也讓下一頁的「關連語句」，能以跨頁呈現，方便於對照閱讀。

がんばってください。

（請加油！）

20課 關連語句

詢問國外是否也能看到日本的節目

A：海外(かいがい)で日本(にほん)の番組(ばんぐみ)が見(み)られますか。
節目

B：ええ、NHKは見(み)られますよ。

A：在國外可以看到日本的節目嗎？
B：對啊！可以看到NHK唷！

請對方將字寫大一點

A：よく見(み)えませんから、
看不太清楚
もう少(すこ)し大(おお)きい字(じ)で書(か)いてください。
再稍微　表示：工具・手段（初級本 12 課）

B：はい、わかりました。

A：因為看不太清楚，請用再大一點的字寫。
B：好的，我知道了。

詢問對方會不會說中文

A：中国語(ちゅうごくご)が話(はな)せるようになりましたか。
表示：焦點（初級本 07 課）

B：いいえ、まだ話(はな)せません。
還不會說
中国語(ちゅうごくご)は発音(はつおん)が難(むずか)しいです。
發音

A：你已經會說中文了嗎？
B：不，我還不會說。中文發音好難。

說明為了早起必須早睡

A：社会人（しゃかいじん）になってから、

夜遊（よるあそ）ばなくなりました。

晚上

B：どうしてですか。

為什麼呢

A：朝早（あさはや）く起（お）きられるように早（はや）く寝（ね）なければなりませんから。

為了能夠早起　因為（初級本 07 課）

A：成為社會人士之後，晚上沒有遊玩的習慣了。

B：為什麼呢？

A：因為為了早上能夠早起，一定要早一點睡覺。

建議對方多運動、多吃蔬菜

A：最近（さいきん）、体（からだ）の調子（ちょうし）がよくないです。

狀況　不好

B：そうですか。よく運動（うんどう）をして、

經常

なるべく野菜（やさい）をたくさん食（た）べるようにしてください。

A：最近身體的狀況不好。

B：這樣子啊。請經常運動，盡可能儘量多吃蔬菜。

第21課

仕事を受ければ受けるほど収入は増えます。

工作接得越多，收入越增加。

本課單字

語調	發音	漢字・外來語	意義
3	さきます	咲きます	開（花）
5	かんがえます	考えます	想、思索
4	まわします	回します	轉動
4	わたります	渡ります	渡過（橋）
4	ゆるします	許します	原諒
4	とどきます	届きます	收到
5	えんりょします	遠慮します	客氣、辭讓
2	わるい	悪い	不好的
2	わかい	若い	年輕的
1	げんき	元気	健康的、有精神的
2	らく	楽	輕鬆的
2	はな	花	花
1	かど	角	角落、轉角
0	ぎんこう	銀行	銀行
0	はんがく	半額	半價
1	レバー	lever	扳手、控制桿
0	おつり	お釣り	零錢
2	はし	橋	橋
4	[お]はなみ	[お]花見	賞花
1	そと	外	外面
0	たいぐう	待遇	待遇
3	べんごし	弁護士	律師
0	おごり		請客

語調	發音	漢字・外來語	意義
0	てんいん	店員	店員
0	しゅうにゅう	収入	收入
0	しめきり	締め切り	截止、截止日
0	てつや	徹夜	通宵
0	れんぞく	連続	連續
2	きかい	機械	機器
5	かいがいりょこう	海外旅行	國外旅遊
5	こくないりょこう	国内旅行	國內旅遊
1	クーラー	cooler	冷氣
2	フリーランス	freelance	自由工作者
5	じつりょくしゅぎ	実力主義	實力主義
1	～しゅぎ	～主義	～主義
3	まっすぐ	真っ直ぐ（＊這個字多半用假名表示，較少用漢字）	一直
1	たぶん	多分	大概
1	もし		如果
0	きっと		一定
0	おもいっきり	思いっきり	盡情地
1	どんどん		接二連三、持續不斷
5	いっしょうけんめい	一生懸命	拼命地、努力地
1	ぜひ		一定、務必
0	しぶや	渋谷	澀谷

招呼用語

＊發音有較多起伏，請聆聽 MP3

發音	漢字・外來語	意義
かんぱい	乾杯	乾杯

表現文型

＊發音有較多起伏，請聆聽 MP3

發音	漢字・外來語	意義
しかたがありません	仕方がありません	沒有辦法

21課 學習目標 73 條件形「～ば・～なら、～」的說法

❶ 春(はる)になれば、花(はな)が咲(さ)きます。（一到春天就會開花。）

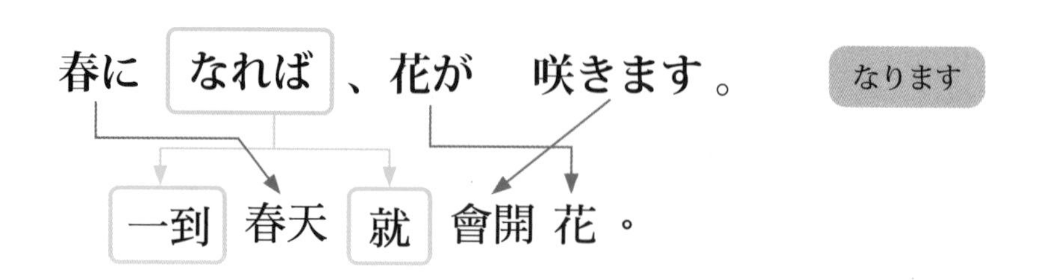

各種「條件形」的說法

除了動詞有條件形以外，「い形容詞」「な形容詞」「名詞」也都有條件形。

- [い形容詞－~~い~~]　＋けれぱ　（例）おいしけれぱ（好吃的話）
- [な形容詞]　＋なら　（例）元気(げんき)なら（健康的話）
- [名詞]　＋なら　（例）雨(あめ)なら（下雨的話）

還有「動詞－ない形」也有「條件形」。

- [動詞－な~~い~~形]　＋けれぱ　（例）行(い)かなけれぱ（不去的話）

在此可以發現之前學過的「～なければなりません」的說法中，「なければ」的部分，就是「動詞－ない形」的條件形。

行有餘力再多學！ 條件形「なら」的接續方式

「なら」除了是上述「な形容詞」「名詞」的條件形，還有其他的接續用法。下面先介紹接續方式，用法之後再介紹。

文型整理

A
［動詞－辭書形／ない形／た形／なかった形］
［い形容詞－い／くない／かった／くなかった］
［な形容詞－　／じゃない／だった／じゃなかった］
［名詞－　／じゃない／だった／じゃなかった］
なら、 B 。

如果A的話，B

例文

● ありますお金(かね)があれば、海外旅行(かいがいりょこう)に行(い)きたいです。

表示：焦點（初級本07課）

（如果有錢的話，想去國外旅行。）

あります（ます形），あれば（條件形）

● 暑い　暑(あつ)ければクーラーをつけてください。

請打開

（如果熱的話，請打開冷氣。）

暑い（い形容詞），暑ければ（條件形）

● 学生　この美術館(びじゅつかん)は学生(がくせい)なら半額(はんがく)で入(はい)れます。

表示：所需金錢

（這間美術館，如果是學生的話，可以用半價進入。）

学生（名詞），学生なら（條件形）

「越～越～」的說法

❷ 給料（きゅうりょう）は高（たか）ければ高（たか）いほどいいです。
（薪水越高越好。）

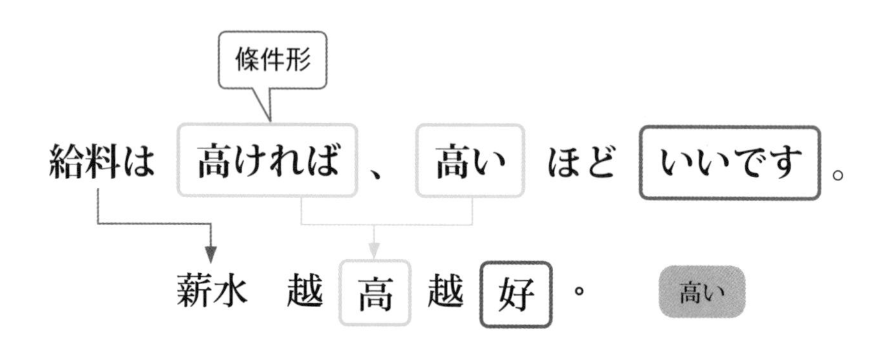

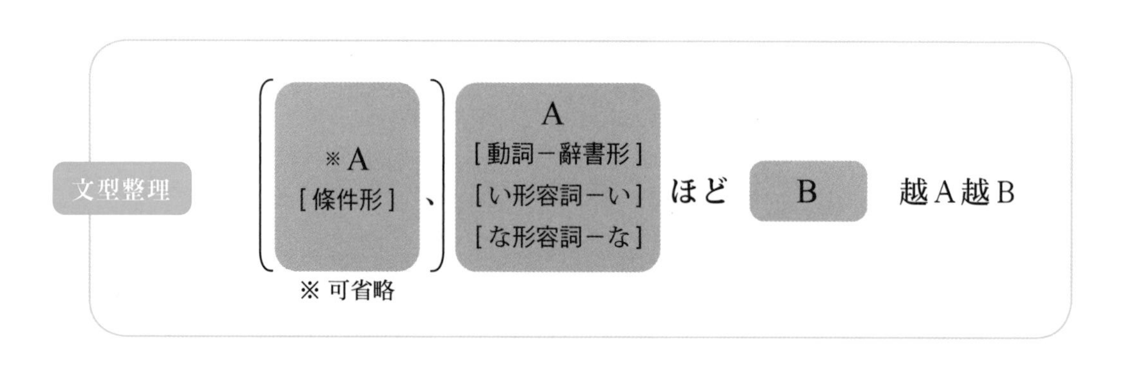

「～ば」的省略用法

「～ば～ほど」的「～ば」的部分（[條件形] 的部分）可以省略，意思不會改變。

例文

● 考えます　考(かんが)えれば考(かんが)えるほどわからなくなります(變成)。

（越想（變得）越不懂。）

[動詞－條件形]、[動詞－辭書形] ほど～： 越 ～ 越 ～

● 少ない　責任(せきにん)は少(すく)なければ少(すく)ないほどいいです。

（責任越少越好。）

[い形容詞－條件形]、[い形容詞－い] ほど～： 越 ～ 越 ～

● 楽（な）　仕事(しごと)(工作)は楽(らく)なら楽(らく)なほどいいです。

（工作越輕鬆越好。）

[な形容詞－條件形、[な形容詞－な] ほど～： 越 ～ 越 ～

「～と、～」的說法

❸ あの角（かど）を右（みぎ）に曲（ま）がると、銀行（ぎんこう）があります。
（在那個角落向右轉，就有銀行。）

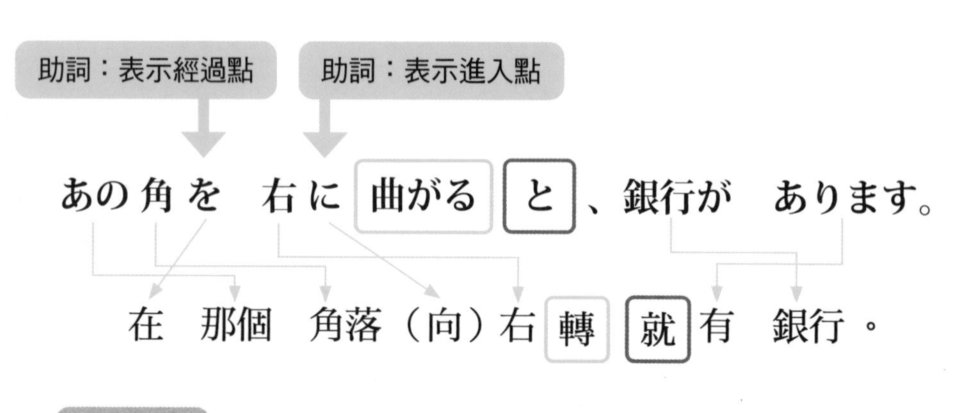
助詞：表示經過點
助詞：表示進入點
あの 角 を 右 に 曲がる と 、銀行が あります。
在 那個 角落（向）右 轉 就 有 銀行。
曲がります

一定要會的！「～と、～」的用法：一～，就～

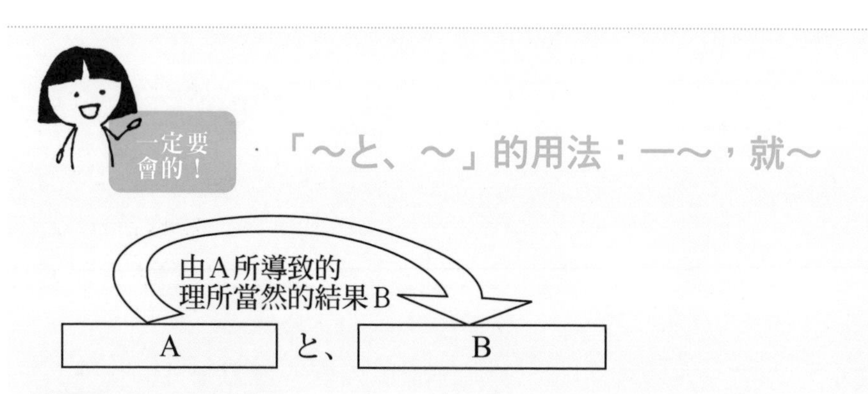
由A所導致的
理所當然的結果B
A
と、
B

常使用於下列情形：

● 自然現象

（例）4月（しがつ）になると、桜（さくら）が咲（さ）きます。（一到四月，櫻花就會開花。）

● 機器操作

（例）このレバーを回（まわ）すと、おつりが出（で）ます。
（轉動這個轉動鈕，零錢就會掉出來。）

● 報路、指引路徑

（例）あの橋(はし)を渡(わた)ると、学校(がっこう)があります。

（渡過那座橋，就有學校。）

要注意的是，「～と、～」的後句不能放「意志・要求・指示」等內容。

(X) 春(はる)になると、お花見(はなみ)をしたい。 「～したい」屬於「意志」

文型整理

A
［動詞－辭書形／ない］
［い形容詞－い／－くない］
［な形容詞－だ／－じゃない］
［名詞－だ／－じゃない］
と、 B 。 一～，就～

例文

● 押します このボタン(按鈕)を押(お)すと水(みず)が流(なが)れます。

（按這個按鈕，就會有水流出來。）

● 回します このつまみ(旋鈕)を右(みぎ)に回(まわ)すと音(おと)が大(おお)きくなります。

（把這個旋鈕往右轉，聲音就會變大。）

● なります 春(はる)になると桜(さくら)が咲(さ)きます。

（一到春天，櫻花就會開花。）

21課 學習目標 76 「～たら、～」的說法

❹ お金（かね）があったら、海外旅行（かいがいりょこう）をしたいです。
（有錢的話，（我）想出國旅遊。）

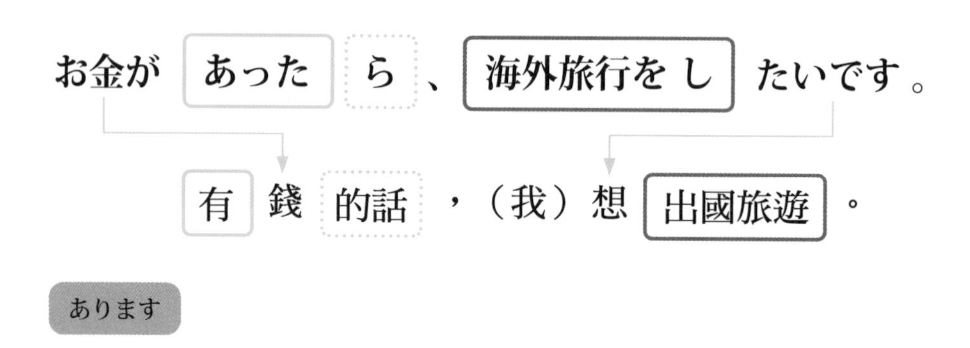

お金が
あった
ら
、
海外旅行をし
たいです。
有
錢
的話
，（我）想
出國旅遊
。
あります

逆接假定的用法

「A たら、B～」的 A 和 B 的關係是「順接假定條件」。此用法的相反說法是「A ても、B～」（就算～也～）。例如：

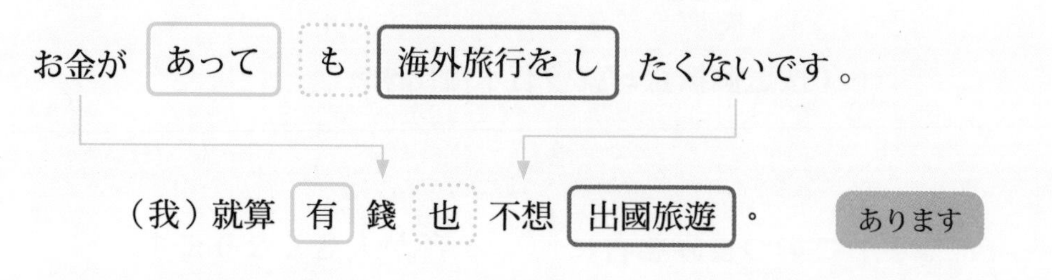

お金が
あって
も
海外旅行をし
たくないです。
（我）就算
有
錢
也
不想
出國旅遊
。
あります

「～たら」「～ても」的接續

「～たら」「～ても」的前面也可以接續否定形，詳細的接續請參考「文型整理」。

文型整理

A
[動詞ーた形／なかった形]
[い形容詞ーかった／くなかった]
[な形容詞ーだった／じゃなかった]
[名詞ーだった／じゃなかった]
ら、 B 。如果 A 的話 B。

A
[動詞ーて形／なくて形]
[い形容詞ーくて／くなくて]
[な形容詞ーで／じゃなくて]
[名詞ーで／じゃなくて]
も、 B 。就算 A 也 B。雖然 A 也 B。即使 A 也 B。

例文

● 飲みます　お酒(さけ)を飲(の)んだら、運転(うんてん)してはいけません。

（如果喝酒的話，不可以開車。）

[動詞ーた形] ら　如果 ～ 的話 ～ 的說法

● 着きます　駅(えき)に着(つ)いたら、電話(でんわ)してください。

駅：車站

（如果抵達車站的話，請打電話。）

[動詞ーた形] ら　如果 ～ 的話 ～ 的說法

● 降ります　雨(あめ)が降(ふ)っても、遠足(えんそく)に行(い)きます。

に：表示：目的（初級本 12 課）

（就算下雨也要去遠足。）

[動詞ーて形] も　就算 ～ 也 ～ 的說法

區別：～ても、～たら、～と、～ば、～なら

～ても
（就算～也～／雖然～也～／～之後，～／～，結果～）

- 與「～たら」的用法相反，「AてもB」表示B並非從A預料出來的內容一樣，而是帶有意外性的內容。

～たら
（如果～的話，～／～之後，～／～，結果～）

- 用法最廣泛，各種狀況都可以使用。造句時，用「～たら」就大概OK。

～と

- 做某一動作，就必然地導致某一個結果。所以原則上後句不能放有意志性的動作。(＝ 一～就～)
- 另外還有「做～，結果～」的用法

～ば

- 為了成立B提示A的條件。(＝ 如果A的話，B)
- 做某一動作，就必然地導致某一個結果。(＝ 一～就～)
- 某一個狀態或動作越進行，另外一個狀態或動作也跟著進行。(＝ 越～越～)

なら

- 受到前者所提示的內容、或假設性的內容，提出意見・希望・要求・指示・命令（＝ 要是～的話）

後句B是[意志・希望・要求] ⇒ a・假定條件
後句B不是[意志・希望・要求] ⇒ b・恆常條件

使用分類	a・假定條件	b・恆常條件	c・反實假想	d・確定條件	e・發現條件
A ても、B	○ *注 1	○	○	○	○
A たら、B	○ *注 1	△	○	○	○
A と、B	×	○ *注 5	×	×	○
A ば、B	○ *注 2・3	○	○	×	×
A なら、B	○ *注 4	×	○	×	×

a・假定條件…假如是A的情況，會是B。

～ても　就算～也～

（例）雨(あめ)が降(ふ)っても、散歩(さんぽ)に行(い)きます。（就算是下雨，也要去散步。）

*注1：若是動詞，動作順序一定是先A再B。

～たら　如果～的話，～

（例）日本(にほん)へ行(い)ったら、渋谷(しぶや)で買(か)い物(もの)したいです。
（如果去日本的話，想在澀谷買東西。）

*注1：若是動詞，動作順序一定是先A再B。

～と　×（不能用～と）

～ば　如果～的話，～

（例）お金(かね)があれば、車(くるま)を買(か)います。（如果有錢的話，要買車子。）

*注２：動作Ａ和Ｂ都是有意志的動詞，而且Ａ和Ｂ都是同一個人動作的話，不可以用「～ば」。

（例）○お金(かね)があれば、タクシーで帰(かえ)る。
（如果有錢的話，要坐計程車回去。）
A不是有意志的動詞，所以OK。

×お酒(さけ)を飲(の)めば、タクシーで帰(かえ)る。
A和 B 都是有意志的動詞，而且 A 和 B 是同一個人的動作。所以不可以用「～ば」。

○彼女(かのじょ)が飲(の)めば、私(わたし)も飲(の)む。（如果她喝的話，我也喝。）
A和B不是同一個人的動作，所以OK。

*注３：「條件形」原本的意義是為了成立Ｂ，而有某條件（Ａ），所以Ｂ是不希望的狀況的話，就不用「條件形」。

（例）○この薬(くすり)を飲(の)めば体(からだ)の調子(ちょうし)が良(よ)くなる。
（如果服用這個藥的話，身體的狀況會變好。）
B：「体の調子が良くなる」是希望的狀況，所以可以用「條件形」。

×この薬(くすり)を飲(の)めば体(からだ)の調子(ちょうし)が悪(わる)くなる。
B：「体の調子が悪くなる」不可能是希望的狀況，所以不用「條件形」。

～なら　如果～的話，～

（例）暑(あつ)いなら、クーラーをつけてください。
（如果熱的話，請開冷氣。）

*注4：若是動詞，動作順序先Ａ再Ｂ，先Ｂ再Ａ都可以造句。先Ｂ再Ａ的表現是「～なら」才有的。

（例）タバコを吸うなら外へ行ってください。
（要抽菸的話，請去外面。）
先 B：去外面，再 A：抽菸

b・恆常條件…在 A 的情況下，一定是 B。

～ても 雖然～也～

（例）ここは冬になっても雪は降りません。
（這裡雖然是冬天，也不會下雪。）

～たら △（可以說，但是沒有「必然」的語感。）

～と 一～就～

（例）まっすぐ行くと銀行があります。（直走就有銀行。）

*注 5：恆常條件的後句不能放有意志性的動詞，但是如果那動作已經成為習慣性動作的話就可以。

（例）私は毎年、冬になるとスキーに行きます。
（我每年一到冬天，就會去滑雪。）
「行きます」（要去）是意志性動詞，但已成為習慣性動作，所以OK。

～ば 一～就～

（例）春になれば花が咲く。（一到春天，就會開花。）

～なら ×（不能用～なら）

● **c・反實假想…實際情況不是 A，但是假設如果是 A，會是 B。**

～ても　就算～也～

（例）待遇がよくても、たぶんあの会社には入りませんでした。
（就算待遇好，大概也不會進入那間公司。）

～たら　如果～的話，～

（例）もし、私が10歳若かったら、たぶん彼女と結婚していました。
（如果我年輕 10 歲的話，大概已經和女朋友結婚了。）

～と　×（不能用～と）

～ば　如果～的話，～

（例）もし、私がこの大学に入っていれば、私はきっと弁護士の仕事をしていました。
（如果，我進入這間大學的話，我現在一定在做律師的工作。）

～なら　要是～的話，～

（例）あの時、本当のことを言ったなら、私はあなたを許しましたよ。
（那個時候，要是你說出事實的話，我會原諒你唷！）

● **d・確定條件…知道一定會變成 A，在成為 A 之後，會有 B 情況，可譯作「～之後，～」。**

～ても　～之後，也～

（例）年を取っても、働きたいです。
（上了年紀之後，也想要工作。）

～たら　～之後，～

（例）１０時(じゅうじ)になったら、出(で)かけましょう。
（10點之後，就出門吧。）

～と　×（不能用～と）

～ば　×（不能用～ば）

～なら　×（不能用～なら）

● e・**發現條件…做了 A，結果是 B 情況。**

～ても　～，結果～

（例）頑張(がんば)っても、ボーナスはもらえませんでした。
（努力了，結果也無法拿到獎金。）

～たら　～，結果～

（例）家(いえ)に帰(かえ)ったら、手紙(てがみ)が届(とど)いていました。
（回到家，結果收到信了。）

～と　～，結果～

（例）朝起(あさお)きると雪(ゆき)が降(ふ)っていました。
（早上起床，結果（發現）有下著雪。）

～ば　×（不能用～ば）

～なら　×（不能用～なら）

21課

應用會話

（飲み会）

飲酒聚會

皆：乾杯～。

佐藤：さあ、みんな思いっきり*飲みましょう。

來吧！　盡情地。「思いっきり」是「思いきり」的口語說法

高橋：今日は私と佐藤さんのおごりです*。

和　請客

王：うれしいですね。何かいいことがありましたか。

好事

佐藤：ボーナスが出ましたからね。皆さん遠慮しないで、どんどん注文してください。

發放　不要客氣　陸續

陳：はい。えっと、店員さんは…。

那個…

鈴木：このボタンを押せば、店員さんが来ますよ。

田中：社会人が羨ましいなあ。陳さんももうボーナスをもらいましたか。

令人羨慕啊　已經

陳：ボーナスは来週出る予定です。

王：陳さんはボーナスが出たら、何を買いますか。

陳：私は日本の国内旅行をするつもりです。まだいろいろな所へ行ったことがありませんから。

因為（初級本 07 課）

王：いいなあ。私は一生懸命働いてもボーナスはありませんね。

努力

佐藤：そりゃあ、アルバイトですから、しかたがありませんよ。

那是…「そりゃあ」是「それは」的口語說法　沒辦法

王：まあ、そうですね*。鈴木さんは？

嗯，說得也是

鈴木：私はフリーランスですから、ボーナスはありませんが、仕事を受ければ受けるほど、収入は増えます。

自由工作者　雖然（初級本 06 課）　增加

高橋：ああ、実力主義ですね。それもいいですね。

嗯。表示肯定、同意的語氣　能力主義

鈴木：でも、あまり考えないでたくさん仕事を受けると、締め切り前は徹夜の連続ですけどね。

不太考慮　截止日　連續通宵　「けど」表示「微弱的主張」，「ね」表示「親近・柔和」。

田中：それは大変ですよね。

對吧。是「提醒、並要求同意」的語氣。

中譯

（飲酒聚會）

大家：乾杯～。

佐藤：來吧！大家盡情地喝吧！

高橋：今天是我和佐藤先生請客。

王：很開心耶！有發生了什麼好事嗎？

佐藤：因為發獎金了呀。大家不要客氣，請陸續點菜。

陳：好的。那個…店員呢？

鈴木：按這個按鈕的話，店員就會過來唷！

田中：社會人士真令人羨慕啊！陳小姐也已經領到獎金了嗎？

陳：獎金預定下星期發放。

王：陳小姐，獎金發了之後，你要買什麼東西呢？

陳：我打算進行日本國內旅行。因為還有很多地方都還沒有去過。

王：真好啊！我就算努力工作也沒有獎金啊！

佐藤：那是…因為（工作）是打工的緣故。沒辦法囉！

王：嗯，說得也是。鈴木小姐呢？

鈴木：因為我是自由工作者，雖然沒有獎金，但是工作接得越多，收入越增加。

高橋：嗯，是能力主義對吧？那也不錯耶！

鈴木：但是，一旦不太考慮就接很多工作，工作截止日前就是連續通宵耶。

田中：那很辛苦對吧？

＊思(おも)いっきり～（動詞－ましょう）。（盡情地～吧！）

思(おも)いっきり遊(あそ)びましょう。（盡情地玩吧！） 遊びます

＊「某人＋のおごりです」（某人要請客）。另一種說法是：

（我來付錢。）

吃飽後，受招待的一方要說：

（謝謝招待。）

＊「まあ、そうですね」是「嗯，說得也是」的意思。這是當對方提出意見，自己雖然不能完全認同，但基本上差不多也是這樣想的時候的說法。例如：

A：日本人(にほんじん)はとても仕事(しごと)が好(す)きですね。
（日本人非常喜歡工作對吧？）

B：まあ、そうですね。（嗯，說得也是；差不多是這樣。）

21課 關連語句

贊同對方的邀請

A：機会（きかい）があれば、一緒（いっしょ）に食事（しょくじ）に行（い）きませんか。

有機會的話　　表示：目的（初級本 12 課）

B：いいですね。ぜひ。

一定

A：有機會的話，要不要一起去吃飯？
B：好耶。我一定去。

抱怨公司經常要加班

A：うちの会社（かいしゃ）は残業（ざんぎょう）が多（おお）くて、忙（いそが）しいです。

我們公司。「うち」在此表示表示自己隸屬的團體或機關

B：大変（たいへん）ですね。残業（ざんぎょう）は少（すく）なければ少（すく）ないほどいいです。

A：我們公司加班情形很多，又很忙。
B：真辛苦耶！。加班是越少越好。

說明讓零錢掉出來的方法

A：おつりが出（で）ません。

零錢

B：このレバーを回（まわ）すとおつりが出（で）ますよ。

轉動

A：零錢沒有掉出來。
B：轉動這個扳手，零錢就會掉出來唷！

推薦肚子痛時可以服用的藥

A：おなかが痛（いた）かったら、この薬（くすり）を飲（の）んでみてください。

肚子痛的話　　請吃看看

B：ありがとうございます。

A：肚子痛的話，請吃看看這個藥。
B：謝謝你。

告誡對方開車不能喝酒

A：車(くるま)に乗(の)るなら、お酒(さけ)は飲(の)んではいけませんよ。
開車

B：はい、わかっています。

A：如果開車的話，不可以喝酒唷！
B：好的，我知道。

說明自己打算幾歲結婚

A：２８歳(にじゅうはっさい)になったら、結婚(けっこん)しようと思(おも)っています。

B：誰(だれ)と結婚(けっこん)しますか。
和（初級本03課）

A：それは、これから探(さが)すつもりです。
現在開始

A：我打算28歲之後結婚。
B：你要和誰結婚呢？
A：這個嘛…我打算現在開始找。

抱怨即使努力工作也沒獎金

A：今年(ことし)はたくさんボーナスをもらいました。

B：いいですね、うちの会社(かいしゃ)は一生懸命(いっしょうけんめい)働(はたら)いても、ボーナスはありません。
就算工作，也…

A：我今年領了很多獎金。
B：不錯耶！我們公司就算努力工作，也沒有獎金。

第22課

それは「足元(あしもと)をよく見(み)ろ」という意味(いみ)です。

那是「好好地注意腳下」的意思。

本課單字

語調	發音	漢字・外來語	意義
3	まけま⌝す	負けます	輸
3	とめま⌝す	止めます	停止
3	われま⌝す	割れます	破碎
4	のぼりま⌝す	登ります	攀爬
4	すべりま⌝す	滑ります	滑倒
3	ぬれま⌝す	濡れます	濕潤
5	きをつけま⌝す	気をつけます	小心
3	しりま⌝す	知ります	知道、得知
3	にげま⌝す	逃げます	逃走
0	おそい	遅い	（時間）晚的
3	たのし⌝い	楽しい	快樂的
1	こ⌝い	濃い	濃的
2	つよ⌝い	強い	強烈的
1	い⌝み	意味	意思
1	う⌝そ	嘘	謊言
0	め	目	眼睛
2	くつ⌝	靴	鞋子
0	コップ	kop	杯子
1	じ⌝き	時期	時期
1	じょ⌝うし	上司	上司
0	にちようひん	日用品	日用品
1	く⌝うき	空気	空氣
2	やま⌝	山	山

語調	發音	漢字・外來語	意義
0	ひょうしき	標識	標示
3	ちょうじょう	頂上	山頂
0	ぜんけい	全景	全景
0	どろぼう	泥棒	小偷
0	けいさつ	警察	警察
0	かいだん	階段	樓梯
1	マーク	mark	記號
3	みずあらい	水洗い	水洗
5	ドライクリーニング	dry cleaning	乾洗
2	すし	寿司	壽司
5	ひとくちサイズ	一口＋size	一口大小
0	きり	霧	霧
0	スピード	speed	速度
3	[お]しり	[お] 尻	臀部
0	ちゅうしゃきんし	駐車禁止	禁止停車
5	あしもとちゅうい	足元注意	小心腳步
4	でんきせいひん	電気製品	電器製品
0	ちゃんと		好好地
1	たしかに	確かに	確實
4	もうすこし	もう少し	再一點點、再一些
1	とにかく		總之
1	だれか	誰か	誰、不確定的某個人
0	てんぐ	天狗	天狗（一種想像中的妖怪）

學習目標 77 命令・禁止的說法

❶ 負(ま)けるな！頑張(がんば)れ！（不能輸！加油！）

負けるな！頑張れ！

不能輸！加油！

負けます　頑張ります

「命令形」和「禁止形」的用法

「命令形」和「禁止形」用於以下的情況：

- 緊急狀況（例如：火災、地震等等）
- 情緒激動（例如：吵架、強盜等等）
- 上下關係（例如：父子、軍隊等等）

直接用「命令形」和「禁止形」說話的口氣很兇，要注意。

間接使用「命令形」和「禁止形」，就不會有兇的口氣：

（例）医者(いしゃ)がもっと野菜(やさい)を食(た)べろと言(い)っていました。轉述別人說的話

（醫生說要多吃蔬菜。）

（例）「駐車禁止(ちゅうしゃきんし)」は車(くるま)を止(と)めるなという意味(いみ)です。說明標示上的文字

（「駐車禁止」是不准停車的意思。）

食べます　止めます

行有餘力再多學！ 另外一個「命令口氣」

除了「動詞命令形」以外，還有另外一個「命令口氣」的說法：

ちゃんと　宿題を　し　なさい。

好好地　做　功課。

這個說法沒有「命令形」的口氣那麼兇，帶有輔導晚輩的口氣。

文型整理　[動詞－~~ます~~形] | なさい　<命令、輔導晚輩的語氣>

例文

- 働きます　もっと働け！（再工作多一點！）
  もっと：更加
  [動詞－命令形] 命令別人 [做] ～ 的說法

- 言います　嘘を言うな！（不要說謊！）
  [動詞－禁止形] な 禁止別人 [做] ～ 的說法

- 寝ます　早く寝なさい。（早點睡覺。）
  [動詞－~~ます~~形] なさい 命令晚輩去 [做] ～ 的說法

「～すぎ」的說法

❷ 朝(あさ)ご飯(はん)を食(た)べすぎました。（（我）早餐吃太多了。）

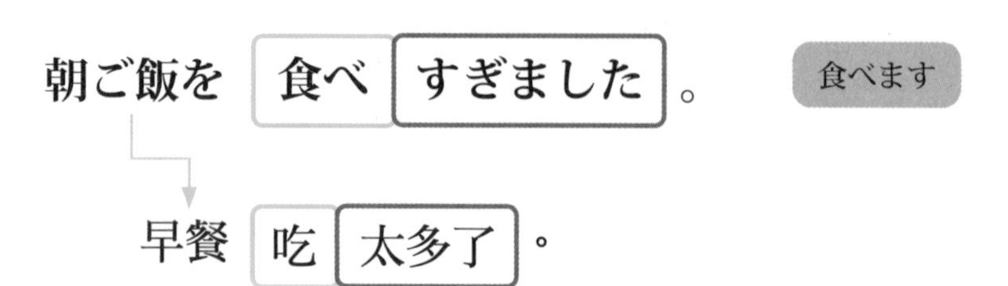

朝ご飯を
食べ
すぎました
。
食べます
早餐
吃
太多了
。

文型整理

[動詞－~~ます~~形] [い形容詞－~~い~~] [な形容詞－~~な~~] [名詞]	すぎます すぎです ←可視為「名詞・な形容詞」	**過於[做]～**

名詞不能單獨接續「すぎます」，必須是「形容詞＋名詞」才能接續「すぎます」。例如：

（×）日本人(にほんじん)すぎます。 錯誤用法

（○）いい人(ひと)すぎます。（太好的人。） 正確用法

例文

見ます　テレビを見すぎると目が悪くなります。

（み）（め）（わる）

と：…的話，就…

（過度看電視的話，眼睛（視力）就會變不好。）

見ます+すぎます → 見すぎます，辭書形「見すぎる」+と

高い　東京の家賃は高すぎませんか。

（とうきょう）（やちん）（たか）

家賃：房租　か：表示：疑問（初級本 01 課）

（東京的房租不會太高嗎？）

高い（い形容詞）+すぎます → 高すぎます，否定形：高すぎません

静か（な）　ここは夜、静かすぎますから、ちょっと怖いです。

（よる）（しず）（こわ）

ちょっと：有點

（這裡晚上因為過於安靜，有點恐怖。）

静かな（な形容詞）+すぎます → 静かすぎます

學習目標 79 難易的說法

❸ この携帯(けいたい)電話(でんわ)は使(つか)いにくいです。（這支手機很難用。）

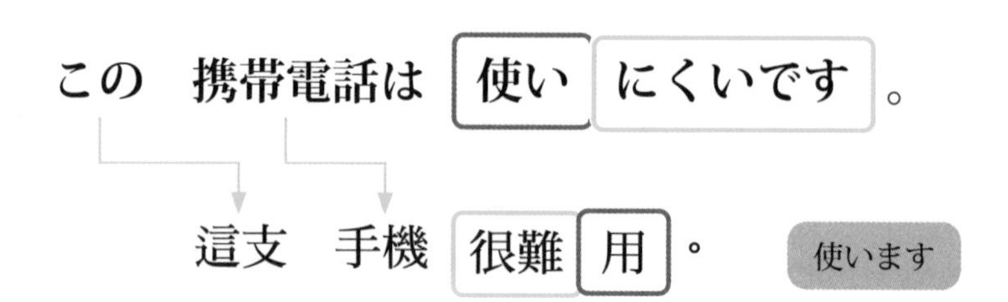
この
携帯電話は
使い
にくいです
。
這支
手機
很難
用
。
使います

一定要
會的！

比較：「～にくい」的相關文型

「～にくい」有兩種意思，一個是「進行某個動作的難度」，另一個是「發生某種狀況的機率」。

- 「～にくい」的類似說法是：～づらい（不好[做]～、不容易[做]～）。
- 「～にくい」的相反說法是：～やすい（很好[做]～、容易[做]～）。
- 「～づらい」多用於進行某個動作時，帶有精神上痛苦的時候。

相關文型	進行某個動作的難度	發生某種狀況的機率
～にくい	この靴(くつ)は歩(ある)きにくいです。 （這雙鞋子不好走路。）	このコップは割(わ)れにくいです。 （這個杯子不容易破。）
～づらい	彼(かれ)に本当(ほんとう)のことは言(い)いづらい。 （很難對他說真話。）	＜比較不適合用＞
～やすい	日本(にほん)の電気製品(でんきせいひん)は使(つか)いやすいです。 （日本的電氣製品很好使用。）	この時期(じき)は雨(あめ)が降(ふ)りやすいです。 （這個時期容易下雨。）

文型整理

[動詞ー~~ます~~形]	にくい づらい	不好[做]~、不容易[做]~
[動詞ー~~ます~~形]	やすい	很好[做]~、容易[做]~

例文

- 歩きます　その靴(くつ)は歩(ある)きやすいですか。

（那雙鞋子很好走路嗎？）

[動詞ー~~ます~~形] やすい　很好 [做] ~ 的說法

- 使います　この手帳(てちょう)は使(つか)いにくいです。

手帳：筆記本

（這本筆記本不好用。）

[動詞ー~~ます~~形] にくい　不好 [做] ~ 的說法

- 言います　上司(じょうし)に会社(かいしゃ)を辞(や)めることを言(い)いづらいです。

会社を辞める：辭職

（很難對上司說要辭職。）

[動詞ー~~ます~~形] づらい　不好 [做] ~ 的說法

形容詞的副詞用法

❹ もう遅（おそ）いですから、早（はや）く帰（かえ）りましょう。
（因為已經很晚了，（我們）早點回家吧。）

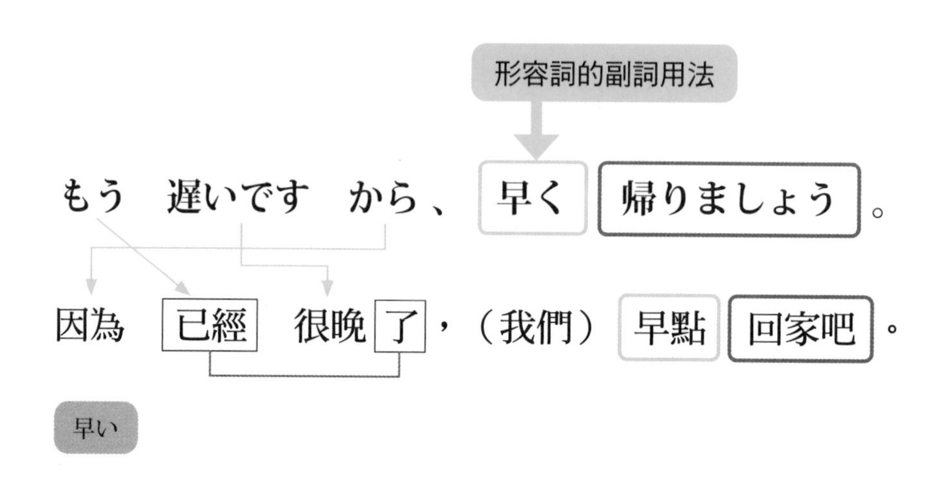

形容詞的副詞用法
もう 遅いです から、早く 帰りましょう。
因為 已經 很晚 了，（我們） 早點 回家吧。
早い

文型整理

[い形容詞－~~い~~＋く] [な形容詞－~~な~~＋に] | [動詞] ～地[做]～

例文

● 元気（な） ※ な形容詞
子供（こども）たちは外（そと）で元気（げんき）に遊（あそ）んでいます。
子供たち：孩子們　で：表示：動作進行地點（初級本 03 課）
（孩子們在外面很有精神地玩耍。）

[な形容詞－~~な~~＋に] ＋動詞 ～地 [做] ～ 的說法

● 楽しい
※ い形容詞

日本語(にほんご)は楽(たの)しく勉強(べんきょう)しましょう。

（我們快樂地學習日語吧！）

[い形容詞－~~い~~＋く] ＋動詞 ～地 [做]～ 的說法

● 安い
※ い形容詞

この店(みせ)では日用品(にちようひん)が安(やす)く買(か)えます。

表示：動作進行地點（初級本 03 課）

（在這間店，日用品可以買得很便宜。）

[い形容詞－~~い~~＋く] ＋動詞 ～地 [做]～ 的說法

22課

應用會話

（高尾山（たかおさん）で）

王（おう）： いい空気（くうき）ですね。

空氣很好耶！

高橋（たかはし）： ええ。この山（やま）は東京（とうきょう）から近（ちか）いですから、週末（しゅうまつ）はたくさんの人（ひと）が登（のぼ）りに来（き）ますよ。

から　表示：起點（初級本 03 課）

に　表示：目的（初級本 12 課）

王（おう）： あの標識（ひょうしき）は何（なん）ですか。

高橋（たかはし）： ああ、「足元注意（あしもとちゅうい）」ですよ。「滑（すべ）りやすいから足元（あしもと）をよく見（み）ろ」という意味です*。

足元注意　小心腳步

よく　好好地

という意味です　～的意思

王（おう）： 確（たし）かにここは道（みち）が狭（せま）くて、それに濡（ぬ）れていて、歩（ある）きにくいですね。

確かに　確實

それに　而且

高橋（たかはし）： もう少（すこ）しで、頂上（ちょうじょう）ですよ。頑張（がんば）りましょう。

もう少し　再一點點　　で　表示「範圍」　　頂上　山頂

....

高橋（たかはし）： やっと頂上（ちょうじょう）に着（つ）きました*よ。あそこから街（まち）の全景（ぜんけい）が見（み）えますから行（い）きましょう。

やっと　終於

に　表示：到達點（初級本 12 課）

王（おう）：はい。うん？この標識（ひょうしき）は何（なん）ですか。「天狗（てんぐ）…？」

高橋（たかはし）：ああ、「天狗（てんぐ）が出（で）るから気（き）をつけろ」という意味（いみ）です。

王（おう）：え？天狗（てんぐ）は実在（じつざい）しますか。
実在します：真實存在

高橋（たかはし）：はっは。さあ*、私（わたし）は知（し）りません。とにかく気（き）をつけましょう。
さあ：表示「不知道」的語氣
とにかく：總之

中譯

（在高尾山）

王：空氣很好耶！

高橋：對啊。這座山因為距離東京很近，所以週末很多人會來爬山唷！

王：那個標示是什麼呢？

高橋：啊…是「小心腳步」（的標示）唷！是「因為容易滑倒，所以好好地注意腳下」的意思。

王：確實這裡的道路很狹窄，而且濕濕的，不好走路耶！

高橋：再一點點就是山頂囉！加油吧！

高橋：終於抵達山頂囉！因為從那邊看得到城鎮的全景，所以我們去那邊吧！

王：嗯，咦？這個標示是什麼呢？「天狗…？」

高橋：啊…是「因為會出現天狗，所以要小心」的意思。

王：咦？天狗真的存在嗎？

高橋：哈哈，哎…我不知道。總之小心一點吧！

＊「～という意味(いみ)です」是「～的意思」。是針對語句的內容或意思進行解釋、說明。例如：

● 「進入禁止(しんにゅうきんし)」は中(なか)に入(はい)るなという意味(いみ)です。
（「禁止進入」就是不能進去裡面的意思。）

＊整理一下常常出現在句首的感嘆詞「さあ」的用法：

● 表示：勸誘或催促
さあ！ ↘（語調下降）

さあ、走(はし)りましょう。
（來吧！跑吧！）
走ります

● 表示：對於問題難以判斷，不知道如何明確回答
さあ… ↗（語調上揚）

Q
今年(ことし)は合格(ごうかく)できますか。
（今年會合格嗎？）
できます
A
さあ、わかりません。
（不曉得…。）
わかります

＊やっと～に着（つ）きました。（終於抵達～了。）

やっとゴールに着（つ）きました。（終於抵達終點了。）

＊ゴール（終點＝goal）

22課 關連語句

請人幫忙叫警察

A：泥棒(どろぼう)だ！ 待(ま)て！
小偷

B：誰(だれ)か警察(けいさつ)を呼(よ)べ！
誰（不確定的某個人）

A：小偷！站住！
B：誰去叫警察啊！

告誡火災時要走樓梯

A：火事(かじ)だ！ 逃(に)げろ！
快逃

B：エレベーターを使(つか)うな！ 階段(かいだん)で降(お)りろ！
別用　表示：工具・手段（初級本 12 課）

A：失火了！快逃！
B：不要搭電梯！要走樓梯下去！

說明記號的意義

A：このマークはどんな意味(いみ)ですか。
什麼意思

B：これは「水洗(みずあら)いするな、ドライクリーニングしろ」という意味(いみ)です。
要乾洗

A：這個記號是什麼意思呢？
B：這個是「不要水洗，要乾洗」的意思。

說明壽司很容易入口

A：日本(にほん)の寿司(すし)はおいしくて、
一口(ひとくち)サイズで、食(た)べやすいですね。

因為是一口大小

B：ええ、私(わたし)はよく食(た)べすぎてしまいます。

「動詞－て形＋しまいます」是無法抵抗、控制…的意思

A：日本的壽司很好吃，而且因為是一口大小，所以很方便吃。

B：對啊。我常常吃太多。

請對方針對濃霧降低車速

A：霧(きり)が濃(こ)くなってきましたね。

漸漸變濃

B：ええ。運転(うんてん)しにくいですから、スピードを落(お)としますね。

減低速度　表示「親近・柔和」

A：霧漸漸變濃耶！

B：對啊。因為很難駕駛，所以減低速度吧。

說明跌倒、屁股重摔

A：昨日(きのう)、滑(すべ)って転(ころ)んで、お尻(しり)を強(つよ)く打(う)ちました。

重重地

B：だいじょうぶでしたか。

A：昨天滑倒摔跤，屁股重重地摔了一下。

B：你還好嗎？

夜深時請對方安靜一點

A：もう遅(おそ)いですから、
もう少(すこ)し静(しず)かにしてください。

再一點點

B：すみません。

A：因為已經很晚了，請再安靜一點。

B：對不起。

第23課

法隆寺（ほうりゅうじ）は、607（ろっぴゃくななねん）年に建（た）てられました。

法隆寺建造於607年。

本課單字

語調	發音	漢字・外來語	意義
3	たてます	建てます	建造
4	しかります	叱ります	責罵
6	はつめいします	発明します	發明
3	ふみます	踏みます	踏、踩
3	ほめます	褒めます	稱讚
4	ひらきます	開きます	舉辦
6	せつりつします	設立します	設立
4	つくります	造ります	修建、建造
4	つくります	創ります	創造
3	なきます	泣きます	哭泣
3	はります	貼ります	黏貼
5	とびだします	飛び出します	衝出來
4	ひかれます	轢かれます（＊這個字多半用假名表示，較少用漢字）	被撞
3	やります		餵（食物）
5	ちかよります	近寄ります	靠近
4	かこみます	囲みます	包圍
4	たすけます	助けます	救助
2、6	おしゃべりします	お喋りします	聊天
3	とります	盗ります	偷
6	こくはくします	告白します	告白
5	えんぎがいい	縁起がいい	吉利的
0	ゆうめい	有名	有名的

語調	發音	漢字・外來語	意義
4	かわいそう	可哀相	可憐的
0	でんきゅう	電球	燈泡
2	あし	足	腳
4	いもうと	妹	妹妹
2	こめ	米	米
1	まつ	松	松樹
0	たけ	竹	竹子
0	うめ	梅	梅花
2	しょくぶつ	植物	植物
2	ひこうき	飛行機	飛機
1	きん	金	金
0	きんぱく	金箔	金箔
3	ひょうめん	表面	表面
2	しか	鹿	鹿
1	せんべい	煎餅（＊這個字多半用假名表示，較少用漢字）	煎餅、仙貝
1	ぶん	分	份
1	どうろ	道路	道路
2	ゆび	指	手指
0	だんせい	男性	男性
0	ばしょ	場所	地點、場所
1	さくしゃ	作者	作者
4	オリンピック	Olympic	奧運
0	にほんしゅ	日本酒	日本酒
4	わかればなし	別れ話	分手談話
5	もくぞうけんちく	木造建築	木造建築
3	しかこうえん	鹿公園	鹿公園
4	やせいどうぶつ	野生動物	野生動物
1	きらきら		閃閃發亮
0	もともと		本來
0	さっそく	早速	立即、趕快
★	～ごうしつ	～号室	～號房（室）
1	ほうりゅうじ	法隆寺	法隆寺
5	スカイツリー	Sky Tree	東京天空樹（晴空塔）
1	エジソン	Thomas Alva Edison	愛迪生

語調	發音	漢字・外來語	意義
0	ブラジル	Brazil	巴西
0	ベトナム	Vietnam	越南
4	ハリー・ポッター	Harry Potter	哈利波特
3	J・K・ローリング	Joanne Kathleen Rowling	JK 羅琳
5	けいおうだいがく	慶応大学	慶應大學
0	ふくざわゆきち	福沢諭吉	福澤諭吉
4	フェイスブック*	Facebook（＊有時也會寫「フェースブック」）	Facebook
4	ライトきょうだい	ライト兄弟	萊特兄弟
3	ならけん	奈良県	奈良縣
0	ドラえもん	銅鑼衛門（＊這個字多半用假名表示，較少用漢字）	哆啦Ａ夢
0	ふじこふじお	藤子不二雄	藤子不二雄

筆記頁

空白一頁，讓你記錄學習心得，也讓下一頁的「學習目標」，能以跨頁呈現，方便於對照閱讀。

がんばってください。

（請加油！）

23課 學習目標 81 被害的受身文

❶ 私(わたし)は父(ちち)に叱(しか)られました。（我被爸爸責罵了。）

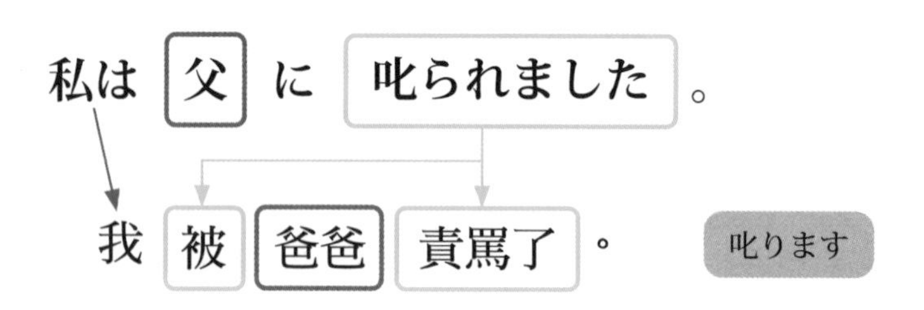
私は 父 に 叱られました 。
我 被 爸爸 責罵了 。
叱ります

要注意！

「は」前面必須是「主體性的存在」

「受身形」的句子，助詞「は」的前面一定要是「主體性的存在」，不能放「附屬性的存在」。

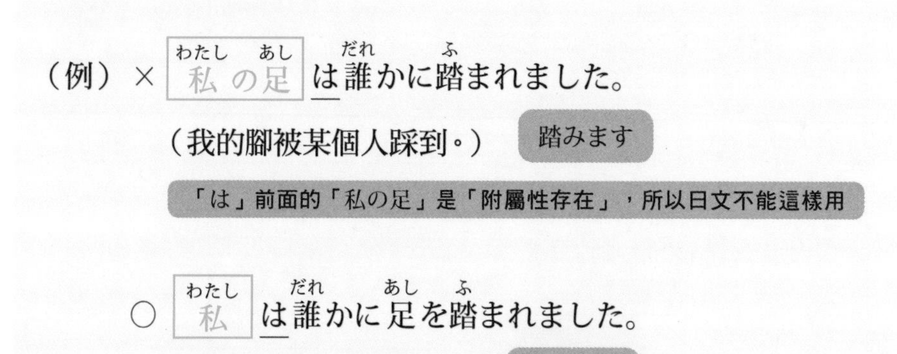

（例）× 私(わたし)の足(あし) は誰(だれ)かに踏(ふ)まれました。

（我的腳被某個人踩到。） 踏みます

「は」前面的「私の足」是「附屬性存在」，所以日文不能這樣用

○ 私(わたし) は誰(だれ)かに足(あし)を踏(ふ)まれました。

（我被某個人踩到腳。） 踏みます

「は」前面的「私」是「主體性存在」

文型整理　A は B に［動詞－受身形］　A被B［做］～

例文

踏みます　私（わたし）はバスで誰（だれ）かに足（あし）を踏（ふ）まれました。
表示：動作進行的地點（初級本 03 課）
（我在公車上被某個人踩到腳。）
踏まれます（受身形－現在式），踏まれました（受身形－過去式）

褒めます　妹（いもうと）は母（はは）に褒（ほ）められました。
（妹妹被母親稱讚了。）
褒められます（受身形－現在式），褒められました（受身形－過去式）

死にます　三年前（さんねんまえ）、父（ちち）に死（し）なれました。
（三年前父親過世了。）
用「受身文」表示：因為父親死亡造成間接的困擾與受害

公共的受身文

❷ スカイツリーは２０１２年（にせんじゅうにねん）に建（た）てられました。
（天空樹於 2012 年所建造。）

スカイツリーは 2012年に 建てられました 。

天空樹 於 2012 年 所建造 。 建てます

「說話者≠動作主」時，要用「受身文」

（私（わたし）は）パーティーを開（ひら）きます。（（我）要舉辦派對。）

這句話即使省略主語（私（わたし）は），聽到這句話也會知道說話的人就是主辦人。所以，如果「パーティー」不是我主辦，說「パーティーを開（ひら）きます」就會造成誤會，讓人誤以為是我舉辦的。

- 為了避免誤會，當「說話者≠動作主」時，就用「受身文」：

  パーティーが開（ひら）かれます。（有派對要（被）舉辦。）開きます

- 這樣的話，並沒有說主辦人是誰，重點是要告訴對方「有派對要舉辦」這件事。

● 主題句的例子：スカイツリーは２０１２年に建てられました。
（天空樹於 2012 年所建造。）

重點不在於是誰建造，而是在2012年建造完成。「說話者≠動作主」時，就用「公共的受身文」，避免讓人誤會以為是說話者建造的。

例文

● 開きます 次のオリンピックはブラジルで開かれます。
奧運 表示：動作進行的地點（初級本 03 課）

（下次的奧運在巴西舉辦。）

開きます（ます形），開かれます（受身形）

● 使います 漢字は日本やベトナムでも使われています。
越南 也（初級本 01 課）

（漢字在日本和越南等等國家也有在使用。）

使われます（受身形），使われて（受身形－て形），
「て形＋います」表示「目前的狀態」

● 作ります 日本酒は米から作られます。
表示原料來自於…

（日本酒是由米做成的。）

作ります（ます形），作られます（受身形）

創造的受身文

❸ 電球（でんきゅう）はエジソンによって発明（はつめい）されました。
（燈泡是由愛迪生所發明的。）

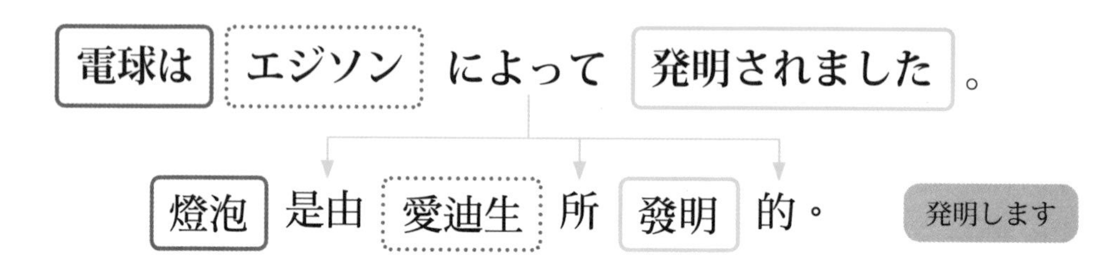

電球は
エジソン
によって
発明されました
。
燈泡
是由
愛迪生
所
發明
的。
発明します

文型整理

A は 創造者B によって （創造行為）[動詞－受身形] A是由B所[做]～的

例文

● 書きます　ハリーポッター（哈利波特）はJ・K・ローリングによって書（か）かれました。
（哈利波特是由 JK 羅琳所寫的。）
書かれます（受身形－現在式），書かれました（受身形－過去式）

● 設立します　慶応大学（けいおうだいがく）は福沢諭吉（ふくざわゆきち）によって設立（せつりつ）されました。
（慶應大學是由福澤諭吉所設立的。）
設立されます（受身形－現在式），設立されました（受身形－過去式）

● 創ります　フェイスブックはアメリカ（美國）の大学生（だいがくせい）によって創（つく）られました。

（Facebook 是由美國的大學生所創立的。）

創られます（受身形－現在式），創られました（受身形－過去式）

行有餘力再多學！ 受身形用法總整理

將前面學過的，以及「受身形」的其他用法，做個總整理：

a. 直接被害

● 叱ります　私（わたし）は母（はは）に叱（しか）られました。

（我被媽媽責罵了。）

叱られます（受身形－現在式），叱られました（受身形－過去式）

● とります　私（わたし）は泥棒（どろぼう）に自転車（じてんしゃ）をとられました。

（我被小偷偷走自行車。）

とられます（受身形－現在式），とられました（受身形－過去式）

b. 名譽性的行為

● 褒めます　私（わたし）は先生（せんせい）に褒（ほ）められました。

（我被老師稱讚了。）

褒められます（受身形－現在式），褒められました（受身形－過去式）

c. 間接被害

● 死にます　3年前、私は父に死なれました。

（三年前父親過世了。）

死なれます（受身形－現在式），死なれました（受身形－過去式）

● 泣きます　別れ話をしたら、彼女に泣かれました。

（提出分手後，女朋友哭了。）

泣かれます（受身形－現在式），泣かれました（受身形－過去式）

d. 公共受身文（當「說話者≠動作主」，為了避免誤會為說話者的動作）

● 開きます　会議は３０６号室で開かれます。

（會議在 306 號室舉行。）

開きます（ます形），開かれます（受身形）

● 考えます　日本では松、竹、梅は縁起がいい植物だと考えられています。

（在日本，松、竹、梅被視為吉利的植物。）

考えられます（受身形），考えられて（受身形－て形），
「て形＋います」表示「目前的狀態」

e. 創造行為

● 発明します　飛行機はライト兄弟によって発明されました。

（飛機是由萊特兄弟所發明的。）

発明されます（受身形－現在式），発明されました（受身形－過去式）

筆記頁

空白一頁，讓你記錄學習心得，也讓下一頁的「應用會話」，能以跨頁呈現，方便於對照閱讀。

がんばってください。

（請加油！）

應用會話

（金閣寺（きんかくじ）で）

王（おう）：これが金閣寺（きんかくじ）ですか。わあ、きれいですね。きらきらしています。
閃閃發亮

陳（ちん）：建物（たてもの）は金（きん）で造（つく）られていますか。
表示：工具・手段（初級本 12 課）

鈴木（すずき）：いえいえ、表面（ひょうめん）だけですよ。金箔（きんぱく）が貼（は）られています。
只有

王（おう）：日本（にほん）にはお寺（てら）がたくさんありますね。日本（にほん）で一番（いちばん）古（ふる）いお寺（てら）はどのお寺（てら）ですか。
表示：存在位置（初級本 07 課）
最
哪一個

鈴木（すずき）：奈良県（ならけん）の法隆寺（ほうりゅうじ）です。６０７年（ろっぴゃくななねん）に建（た）てられました。世界（せかい）で一番（いちばん）古（ふる）い木造建築（もくぞうけんちく）です*よ。
表示：範圍（初級本 11 課）

陳（ちん）：すごいですね。

（奈良公園（ならこうえん）で）

陳（ちん）：わあ、鹿（しか）がいっぱいいますね。
充滿

鈴木（すずき）：はい。奈良公園（ならこうえん）は鹿（しか）が有名（ゆうめい）ですから、「鹿公園（しかこうえん）」とも呼（よ）ばれています。

因為（初級本 07 課）

也被稱做

王（おう）：あそこで鹿（しか）せんべいが売（う）っていますよ。僕（ぼく）が買（か）ってきます*。

買～再回來

鈴木（すずき）：あ、じゃあ、私（わたし）たちの分（ぶん）もお願（ねが）いします。

也麻煩你

陳（ちん）：この鹿（しか）たちは公園（こうえん）から逃（に）げませんか。

從（初級本 03 課）

鈴木（すずき）：ここの鹿（しか）はもともと野生動物（やせいどうぶつ）ですよ。だから、ときどき道路（どうろ）に飛（と）び出（だ）して、車（くるま）にひかれてしまいます。

本來　所以　有時候

被撞

陳（ちん）：へえ、かわいそう。

好可憐

王（おう）：鹿（しか）せんべい買（か）ってきました*。はい、陳（ちん）さんと鈴木（すずき）さんの分（ぶん）。

買～回來了　和（初級本 07 課）

鈴木（すずき）：さっそく鹿（しか）にせんべいをやりましょう*。

表示：動作的對方（初級本 08 課）　餵～吧

陳（ちん）：ああ、鹿（しか）が近寄（ちかよ）ってきました*ね。

靠過來了

鈴木（すずき）：指（ゆび）を噛（か）まれないように気（き）をつけてください。

為了不要被咬到

陳（ちん）：はい、気（き）をつけます。あ、王（おう）さんが鹿（しか）に囲（かこ）まれてる！

「囲まれている」的省略說法

王（おう）：痛（いた）い痛（いた）い！誰（だれ）か助（たす）けて～。

誰來救救我啊～

中譯

（在金閣寺）

王：這就是金閣寺啊。哇～真漂亮耶。閃閃發亮著。

陳：這個建築物是用金子建造的嗎？

鈴木：不、不，只有表面唷！（表面）貼著金箔。

王：日本有好多寺廟耶！在日本，最古老的寺廟是哪一個寺廟呢？

鈴木：是奈良縣的法隆寺。建造於607年。是世界上最古老的木造建築唷。

陳：真厲害耶！

（在奈良公園）

陳：哇！有好多鹿耶！

鈴木：對啊。因為奈良公園的鹿很有名，所以也被稱做「鹿公園」。

王：那裡有賣小鹿仙貝唷！我去買（來）。

鈴木：啊…那麼，我們那份也麻煩你買。

陳：這些鹿群不會從公園逃走嗎？

鈴木：這些鹿本來就是野生動物唷！所以有時候會突然衝到道路上，被車子衝撞。

陳：欸，好可憐。

王：我買小鹿仙貝回來了。來，這是陳小姐和鈴木小姐的份。

鈴木：趕快餵鹿吃仙貝吧！

陳：啊！鹿靠過來了耶！

鈴木：為了不要被咬到手指，請小心。

陳：好的，我會小心。啊！王先生被鹿包圍了！

王：好痛好痛！誰來救救我啊～。

＊世界で一番古い～です。（世界上最古老的～。）

世界で一番古い文字。（世界上最古老的文字。）

＊整理一下「動詞－て形＋きます」的用法：

- 表示動作和移動：

飲み物を買ってきます。（去買飲料（再回來）。）

- 表示往說話者的方向靠近移動：

犬が近寄ってきました。（狗靠過來了。）

- 表示變化和時間：

おなかが空いてきました。（肚子餓了起來。）

＊「餵食動物」或是「給植物澆水」，都是用「やります」（給予）這個動詞。

- （動物）に（食物）をやりましょう＝餵（食物）給（動物）吃吧！
- 「澆花」的說法則是：

毎日花に水をやります。
（我每天澆花。）
（植物）に（水）をやります＝澆（水）給（植物）

23課 關連語句

說明自己沒精神的原因

A：元気(げんき)がありませんね。どうしましたか。
沒有精神

B：授業中(じゅぎょうちゅう)、友達(ともだち)とおしゃべりしていたら、先生(せんせい)に叱(しか)られました…。
聊天，結果…

A：你沒有精神耶！怎麼了？
B：上課中和同學聊天，結果被老師罵了…。

請對方使用自己的傘

A：誰(だれ)かに傘(かさ)をとられました。
誰（不確定的某個人）

B：じゃあ、私(わたし)の傘(かさ)を使(つか)ってください。

A：傘被某個人拿走了。
B：那麼，請用我的傘。

羨慕對方被告白

A：私(わたし)は3人(さんにん)の男性(だんせい)に告白(こくはく)されました。
被告白了

B：それは羨(うらや)ましいですね。
令人羨慕的

A：我被3名男性告白了。
B：那真是令人羨慕耶！

說明提出分手後女朋友的反應

A：別(わか)れ話(ばなし)をしたら、彼女(かのじょ)に泣(な)かれました。
提出分手，結果…

B：それはあなたが悪(わる)いですよ。
不對、錯誤

A：我提出分手，結果女朋友就哭了。
B：那就是你的不對了。

說明會議地點

A：会議(かいぎ)の場所(ばしょ)はどこですか。
どこ：哪裡

B：会議(かいぎ)は３０５号室(さんまるごごうしつ)で開(ひら)かれます。
で：表示：動作進行地點（初級本 03 課）

A：會議地點在哪裡？
B：會議在 305 號室舉行。

詢問哆啦A夢的作者是誰

A：ドラえもんの作者(さくしゃ)は誰(だれ)ですか。
ドラえもん：哆啦A夢

B：ドラえもんは藤子不二雄(ふじこふじお)によってかかれました。
によってかかれました：是由～所畫的

A：哆啦 A 夢的作者是誰？
B：哆啦 A 夢是由藤子不二雄所畫的。

第24課

明日（あした）、会社（かいしゃ）を休（やす）ませていただけませんか。

明天能否讓我請假？

本課單字

語調	發音	漢字・外來語	意義
6	りゅうがくしま˥す	留学します	留學
3、6	あんな˥いしま˥す	案内します	導覽
4	むかいま˥す	向かいます	前往
4	きにしま˥す	気にします	在意
3	（めいわくを）かけま˥す	（迷惑を）かけます	帶來（麻煩）
6	はっぴょうしま˥す	発表します	發表
4	たのみま˥す	頼みます	拜託
4	みずくさ˥い	水くさい	見外、客套
1	じゅ˥く	塾	補習班
0	にせもの	偽物	仿冒品
2	おや˥	親	父親或母親、雙親
1	りょ˥うしん	両親	雙親
0	かんこう	観光	觀光
0	とちゅう	途中	途中
1	め˥いわく	迷惑	麻煩
2	もち˥ろん	勿論（＊這個字多半用假名表示，較少用漢字）	當然
0	ばっきん	罰金	罰款
0	おつかい	お遣い	跑腿、幫忙去某處辦事（＊此字沒有貶抑、負面的語感）
6	ガソリンスタ˥ンド	gasoline＋stand	加油站
★	～のころ	～の頃	～的時候
0	～さき	～先	～目的地

語調	發音	漢字・外來語	意義
★	～だい	～代	～費用
1	～ば⌉かり		老是～
1	～キ⌉ロ	kilometer	～公里

表現文型

＊發音有較多起伏，請聆聽 MP3

發音	意義
～によろしく	向～問好

學習目標 84 使役文

❶ 私は息子にピアノを習わせます。
（我叫兒子學鋼琴。）

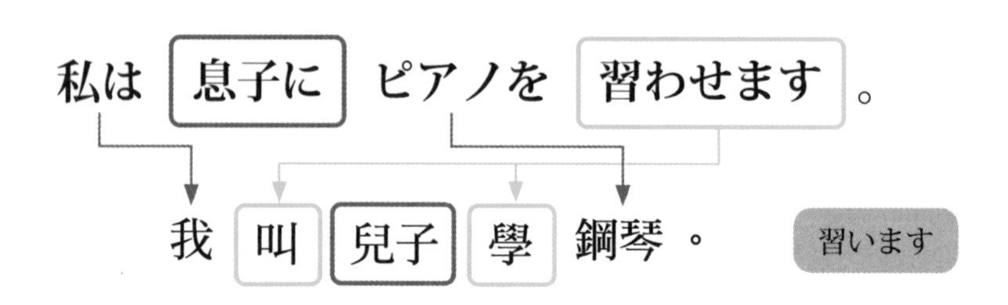

私は
息子に
ピアノを
習わせます
。
我
叫
兒子
學
鋼琴
。
習います

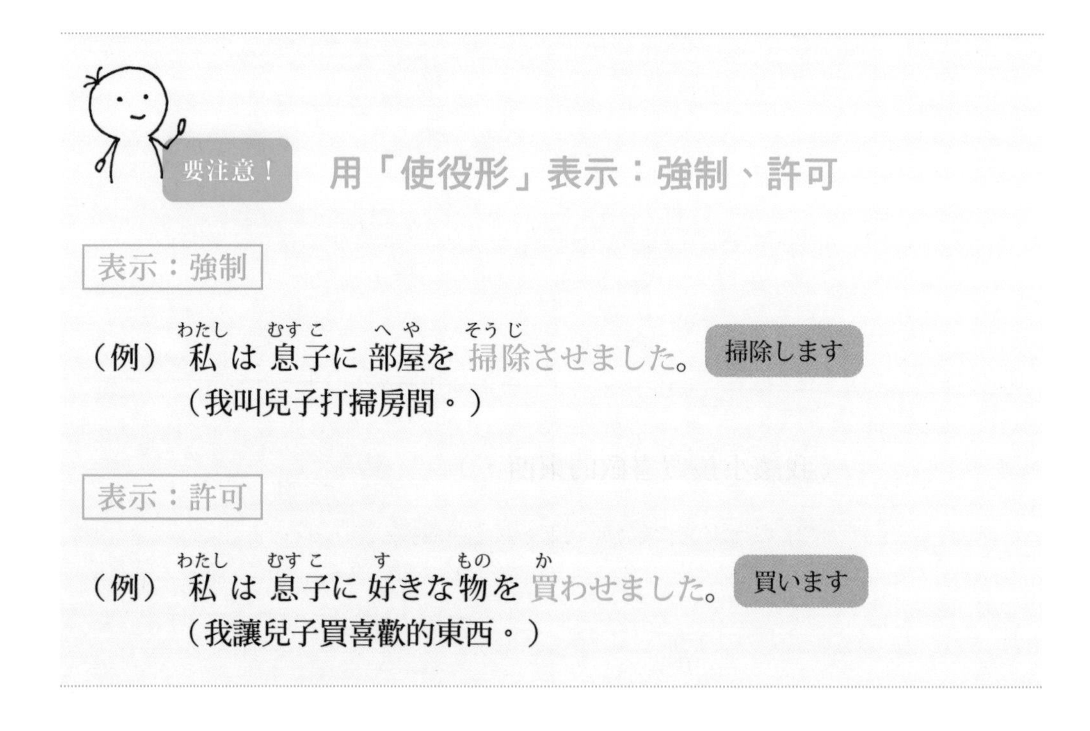

要注意！ 用「使役形」表示：強制、許可

表示：強制

（例） 私は息子に部屋を掃除させました。 掃除します
（我叫兒子打掃房間。）

表示：許可

（例） 私は息子に好きな物を買わせました。 買います
（我讓兒子買喜歡的東西。）

文型整理

A は B に［動詞－使役形］　A叫B［做］～
A讓B［做］～

例文

● 留学します

私（わたし）は息子（むすこ）をアメリカへ留学（りゅうがく）させます。

表示：動作作用對象（初級本 05 課）
表示「兒子」是「讓～留學」的動作作用對象

（我讓兒子去美國留學。）

留学します（ます形），留学させます（使役形）

※句子的結構是：私は~~息子に~~息子をアメリカへ留学させます。
因「動作的對方」（息子に）和「動作作用對象」（息子を）都是「息子」，所以就省略了「息子に」。使役文中，當「動作的對方」和「動作作用對象」相同，助詞要用「を」。（詳細解說請參照 文法解說本 p052）

● 掃除します

私（わたし）は娘（むすめ）に部屋（へや）を掃除（そうじ）させます。

娘：女兒

（我叫女兒打掃房間。）

掃除します（ます形），掃除させます（使役形）

● 買います

私（わたし）は子供（こども）に好（す）きな物（もの）を買（か）わせます。

好きな物：喜歡的東西

（我讓小孩買喜歡的東西。）

買います（ます形），買わせます（使役形）

使役受身文

❷ 私(わたし)は母(はは)に塾(じゅく)へ行(い)かせられました。
（我被媽媽逼迫去補習班。）

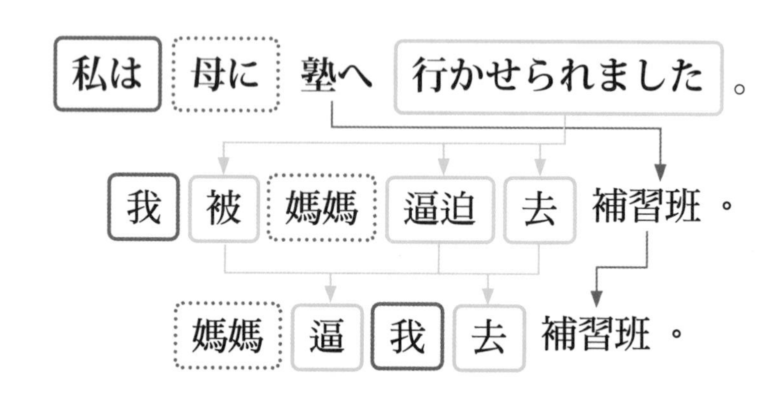

行きます（ます形），行かせます（使役形），行かせられます（使役受身形）

「使役受身形」的省略用法

「第Ⅰ類動詞」的「使役受身形」為「～せられます」時，可以省略成「～されます」，如下：

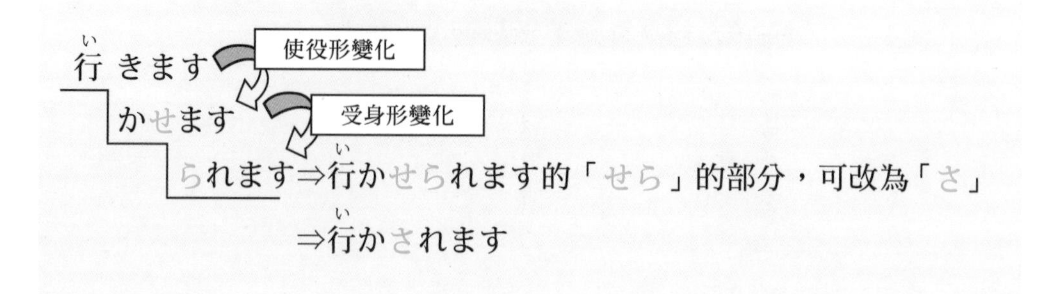

- 但此原則不適用於「さ行結尾」的「第 I 類動詞」。例如：話（はな）す

[ます形] 話します ⇒ [使役受身形] 話させられます
（不可省略為）~~話さされます~~

例文

- 走ります　私（わたし）は中学生（ちゅうがくせい）のころ、父（ちち）に毎朝（まいあさご）5キロ走（はし）らせられました。
  國中生

（讀國中的時候，我每天早上被爸爸逼迫跑 5 公里。）

走ります（ます形），走らせます（使役形），
走らせられます（使役受身形－現在式），
走らせられました（使役受身形－過去式）

- 残業します　上司（じょうし）に毎日（まいにち）、残業（ざんぎょう）させられています。

（我每天被主管逼迫加班。）

残業します（ます形），残業させます（使役形），
残業させられます（使役受身形－現在式），残業させられて（使役受身形－て形），「て形＋います」表示「習慣的動作」

- 買います　旅行先（りょこうさき）で偽物（にせもの）の時計（とけい）を買（か）わされました。
  仿冒品

（在旅行目的地被人逼迫買了仿冒品的時鐘。）

買います（ます形），買わせます（使役形），
買わせられます（使役受身形－現在式），買わせられました（使役受身形－過去式）買わ「せら」れました 省略成 買わ「さ」れました

學習目標 86 要求的說法③

❸ すみませんが、明日(あした)休(やす)ませていただけませんか。
（不好意思，明天能否讓我請假？）

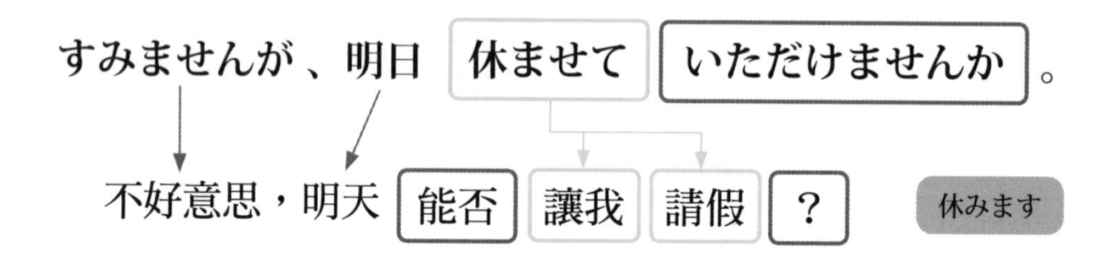
すみませんが、明日
休ませて
いただけませんか
。
不好意思，明天
能否
讓我
請假
？
休みます

一定要會的！

「使役て形」與「て形」的比較

意思相同，但恭敬程度不同

（1）〔使役て形〕いただけませんか（能不能請你讓我做～）
（2）〔　　て形〕もいいですか（可以做～嗎？）
上面這兩種說法，恭敬程度（1）＞（2）。

都是接續いただけませんか，但意思不同

- 〔使役て形〕いただけませんか（能不能請你讓我做～？）
  ※ 這是：請對方允許自己做某一個動作
- 〔　　て形〕いただけませんか（能不能請你做～？）
  ※ 這是：要求對方做某一個動作

● 例如：

帰（かえ）らせていただけませんか（能否請你讓我回去？）

帰（かえ）っていただけませんか（能否請你回去？）

後面的「いただけませんか」也可以換成「くださいませんか」，請參考文型整理。

文型整理

［動詞－使役て形］	いただけませんか くださいませんか	能不能請你讓我［做］～
［動詞－て形］	いただけませんか くださいませんか	能不能請你［做］～

例文

● 置きます　ここに荷物（にもつ）を置（お）かせていただけませんか。

（能不能請你讓我在這裡放置行李？）

置きます（ます形），置かせます（使役形），置かせて（使役て形）使役て形＋いただけませんか　能不能請你讓我 [做] ～

● 持ちます　ちょっと荷物（にもつ）を持（も）っていただけませんか。

ちょっと：一下下

（能不能請你拿一下行李？）

持ちます（ます形），持って（て形）
て形＋いただけませんか　能不能請你 [做] ～

● 持ちます　ちょっと荷物（にもつ）を持（も）ってくださいませんか。

（能不能請你拿一下行李？）

持ちます（ます形），持って（て形）
て形＋くださいませんか　能不能請你 [做] ～

24課

應用會話

陳（ちん）：課長（かちょう）、すみませんが、来月（らいげつ）の二日（ふつか）と三日（みっか）、会社（かいしゃ）を休（やす）ませていただけませんか。

来月：下個月

課長（かちょう）：どうしましたか。

陳（ちん）：故郷（ふるさと）から両親（りょうしん）が来（き）ますから、いろいろと案内（あんない）したくて…。

から：因為（初級本 07 課）
と：放在副詞後面，表示「提示內容」
案内したくて：想要為父母親導覽各地

課長（かちょう）：そうですか。わかりました。じゃあ、この前（まえ）の出張（しゅっちょう）のレポートは今月中（こんげつちゅう）に出（だ）してくださいね。

この前：上次
今月中：本月中

陳（ちん）：わかりました。ありがとうございます。

課長（かちょう）：ご両親（りょうしん）は日本（にほん）は初（はじ）めてですか。

「ご」為接頭辭，表達說話者的敬意

陳（ちん）：ええ、初（はじ）めてです。ですから、私（わたし）がいろいろと案内（あんない）するつもりです。

つもりです：打算

課長（かちょう）：そうですか。ぜひ日本（にほん）の観光（かんこう）を楽（たの）しんで欲（ほ）しいですね。じゃあ、ご両親（りょうしん）によろしく*。

ぜひ：務必
楽しんで欲しいです：希望（他們）享受…
ご両親によろしく：請替我向你的父母親問好

（空港へ向かう途中の車の中で）
くうこう　む　とちゅう　くるま　なか
前往

陳：今日は無理を言って、すみません。
ちん　きょう　むり　い
難為

鈴木：いいえ、気にしないでください。あ、ちょっとガソリンスタンドに寄ります*ね。
すずき　き　よ
請不要在意　加油站　順便去

陳：ガソリン代は私に払わせてください。
ちん　だい　わたし　はら
加油費用

鈴木：だいじょうぶですよ。陳さん水くさいなあ。
すずき　ちん　みず
見外

陳：でも、迷惑ばかりかけてしまって…*。
ちん　めいわく
老是添麻煩。「動詞て形＋しまって」是表示無法挽回的遺憾

鈴木：遠慮しないでください。今度、私が陳さんの国へ行ったら、その時はよろしく*ね。
すずき　えんりょ　こんど　わたし　ちん　くに　い　とき
請不要客氣　下次　去的話　請多多關照

陳：ええ、もちろん。
ちん
當然

中譯

陳：課長，不好意思。下個月的2號和3號能否讓我請假？

課長：怎麼了嗎？

陳：因為父母親從家鄉過來，有很多地方想要向他們導覽介紹…

課長：這樣子啊！我知道了。那麼，上次的出差報告請在本月中交出來喔。

陳：我了解了。謝謝您。

課長：你的父母親是第一次來日本嗎？

陳：是的，是第一次。所以我打算為他們導覽各地。

部長：這樣子啊！希望他們務必好好享受在日本的觀光呢。那麼，請替我向你的父母親問好。

（在前往機場途中的車上）

陳：今天難為你真是不好意思。

鈴木：不會，請不要在意。啊…順便去一下加油站吧！

陳：加油費用請讓我出。

鈴木：沒關係啦！陳小姐真是見外啊！

陳：但是，老是給你添麻煩…。

鈴木：請不要客氣。下次，如果我去陳小姐的國家的話，那時請多多關照。

陳：嗯嗯，當然。

＊比較一下「よろしく」的用法：

● 請對方多多關照、多多指教：

はじめまして、
どうぞよろしく。

（初次見面，請多多關照。）

● 請對方向某人問好：

ご家族（かぞく）によろしく。

（請替我向你的家人問好。）

＊ちょっと～に寄（よ）ります。（順便去一下～。）

ちょっと銀行（ぎんこう）に寄（よ）ります。（順便去一下銀行。）

＊「名詞＋ばかり＋動詞」是「老是做～、總是做～」的意思。另外：

● 數量詞＋ばかり（表示左右、大約）

5歳（ごさい）ばかりの子供（こども）（五歲左右的小孩。）

（此用法的「ばかり」可替換為「ぐらい」，一般較常用「ぐらい」。）

24課 關連語句

詢問將來想讓小孩學什麼

A：将来（しょうらい）、子供（こども）に何（なに）を習（なら）わせますか。

B：そうですね。バイオリン（小提琴）を習（なら）わせようと思（おも）っています。

A：將來你想讓小孩學什麼呢？
B：這個嘛…我打算讓（小孩）學小提琴。

說明週末要叫小孩打掃房間

A：週末（しゅうまつ）は何（なに）をしますか。

B：子供（こども）に部屋（へや）を掃除（そうじ）させます。

A：你週末要做什麼呢？
B：我要叫小孩打掃房間。

說明經常讓小孩在公園玩

A：この公園（こうえん）は広（ひろ）いですね。

B：ええ。私（わたし）はよく（經常）ここで（表示：動作進行地點（初級本 03 課））子供（こども）を遊（あそ）ばせています。

A：這個公園很寬廣耶。
B：對啊。我經常讓小孩在這裡玩耍。

說明繳交罰款的原因

A：警察(けいさつ)に罰金(ばっきん)を払(はら)わせられました。

B：どうしてですか。

A：駐車禁止(ちゅうしゃきんし)の場所(ばしょ)に車(くるま)を止(と)めましたから。

駐車禁止：禁止停車

B：それはしかたがありませんね。

しかたがありません：沒辦法

A：我被警察要求繳交罰款。
B：為什麼呢？
A：因為我把車停在禁止停車的地方。
B：那就沒辦法啦。

說明孩童時期常被叫去辦事

A：子供(こども)のころ、親(おや)に何(なに)をさせられましたか。

子供のころ：孩童時代

B：よくお遣(つか)いに行(い)かせられました。

お遣い：跑腿辦事

A：孩童時代，父母親會叫你去做什麼？
B：我經常被叫去跑腿辦事。

要求下次會議發表

A：部長(ぶちょう)、今度(こんど)の会議(かいぎ)では、
私(わたし)に発表(はっぴょう)させていただけませんか。

今度：下次

B：そうですか、じゃあ、頼(たの)みましたよ。

頼みました：拜託了（用過去式表示「確定交給你了」的語感）

A：部長，下次的會議能不能請您讓我發表？
B：這樣子啊！那麼拜託你囉。

檸檬樹